公爵令嬢は我が道を場当たり的に行く

1

エリザベス・マクナガン
日本人として生きて死んだ記憶がある。が、その記憶には今いる世界の情報が何もない。ならば普通に、あるがままに生きるしかあるまいよ、と開き直り肚を括る。愛称はエリィ。
レオナルド・フランシス・ベルクレイン
王太子にして、エリィの婚約者。非常に聡明、且つ常識人。政略を考え、エリィを婚約者に選ぶが――？　愛称はレオン。
登場人物紹介
characters

マクナガン公爵夫人
（ファラルダ・マクナガン）
エリィの母。
（一見）おっとりと
穏やかな美人。
マクナガン公爵
（エルード・マクナガン）
エリィの父。
事なかれ主義、万歳。
王妃陛下
（アシュリー・
ベルクレイン）
レオン、リナリアの母。
国王陛下
（カール・エディアル・
ベルクレイン）
レオン、リナリアの父。
リナリア・
フローリア・
ベルクレイン
レオンの妹で、第一王女。
兄と同様に聡明な少女。

公爵令嬢は我が道を場当たり的に行く 1

目次

第1話　エリちゃん五歳。王太子殿下の婚約者となる。

どうやら、私は転生したらしい。

前世の記憶とやらがある。ガッツリある。

そのガッツリある記憶の中に『異世界転生／転移』というジャンルがある。更に『乙女ゲーム転生』というものもある。

乙ゲーくさいんだよなぁ……。少女漫画でも可だが。

私は公爵家の長女だ。上には兄が居る。彼が後嗣《こうし》だ（一応）。

現在、私は五歳。兄は七歳だ。七歳の兄は、子役モデルも裸足で逃げだしそうな美少年だ。それと同じ血を持つ私も、自分でちょっと引くくらいの美少女だ。

そして先日、私の婚約が調《ととの》った。

お相手は、この国の王太子殿下だった。

高位貴族の美少女に転生！　足すことの、王太子殿下の政略的な婚約者！　更に足すことの、殿下も兄も美形！　全部足して、一切割らない！　イコールで出た結論らしきものはというと……。

悪役か⁉　悪役令嬢転生か⁉

そうは思ったのだが、大問題が一つある。

私は、乙女ゲームというものを、ほぼプレイしたことがない。

唯一きちんとプレイしたのは、既に懐《なつ》ゲーのレベルである某グローリアスな感じの会社が出していた、国盗り的なゲームだ。色んな神様とキャッキャウフフしつつ、領土を広げていくようなゲームだった。そしてそれをプレイして、『恋愛要素、いらなくね？』と思った私は、それ以降は普通のＲＴＳ《リアルタイムストラテジー》にハマってしまったのだ。ノッブが野望持ってる的なゲームの方が、ぶっちゃけ楽しかった。

私が主にプレイしていたゲームは乙ゲープレイヤーには余りに馴染みがないであろうから、ここでは割愛させていただく。だれか興味持ってくんねーかなー、と前世から思っていた。周囲に同好の士が居な過ぎて寂しい。

乙女ゲームは知らんのだが、『乙女ゲーム転生もの』の小説やマンガは嗜《たしな》んでいた。

通勤時間が暇だったからだ。

通勤時間にスマホで乙ゲーをプレイしている人などが物語ではよく出てきたが、個人的にソシャゲが嫌いだったので、私はマンガや小説を読んでいた。まあ、フツーにＳＮＳのチェックや更新を追っている個人サイトやまとめサイトを見ている事も多かったが。あまり頭を使わなくても読めるものが好きだった。テンプレざまぁ系には、水戸のご老公のような爽快感と安心感があり、暇潰しに最適だった。

とにかく、偏った知識ではあるが、乙女ゲームに転生するという知識はある。そして、乙女ゲームには『ヒロイン』と『攻略対象』がいて、それを邪魔する『悪役令嬢』が居るという知識がある。

……私がプレイした懐ゲーには、『悪役』は居なかったが。時代は変わったのか……。彼女は

『悪役』ではなく、正々堂々とした『ライバル』だった。友情を育むルートすらあった。

それはさておき、『悪役令嬢』だ。

悪役令嬢は大抵において、メイン攻略対象である王侯貴族のご子息の婚約者だ。

婚約者を『悪役』とか言うなよ。未来の伴侶に虫がたかってりゃ、そりゃ追い払うに決まってんだろ。正当な権利の主張だろうがよ。そう思いはしても、何故か彼女たちは『悪役』とされてしまうのだ。非常に納得がいかない。

王太子殿下との婚約が成ったと父に聞かされ、「もしかして……」と思ってしまったのだ。

よくあるパターンでは『自分が大好きで、やり込んだゲームの世界』に転生するものだが……。

私が好きでプレイしていたゲームで、この世界の地名や地図は見た事がない。……いやまあ、第二次世界大戦真っ只中の東欧とか、転生なんて絶対したくないけども。

となると、だ。

この世界は、『ゲームとか全く関係ないただの異世界』か、『私がプレイしない類《たぐい》のゲームやマンガ・小説の世界』のどちらかだ。

後者の場合、どんな過酷な運命になるのか分からない。

だがまあ、嘆いても仕方ない。私はここが何らかの物語の舞台であったとしても、シナリオを知らない。故に、フラグの存在も分からない。

つまりだ。

あるがままに生きるしかないのだ。ゴーイング・マイウェイだ。

僕の前に道はないのだ。……後ろにもない可能性はあるが。

退路は確保しておきたい。安全に敗走出来る事が、立て直しの一歩となる。後ろの道は確認しておこう。そうしよう。

とにかく、乗っかって進むしかない。

現在五歳の美幼女に出来る事など、その程度でしかなかろう。

そう肚《はら》を決めた私は、父に告げられた顔合わせの日時を頭に刻み、侍女たちとドレスを選ぶのだった。


一週間後、私は王宮の庭園に居た。

まあ、どえらい広いですわ！（イントネーションがおっさんになったあなた。正解です）

バランスよく木々が配された庭園は、見晴らしの良い場所と、丁度良く隠れる場所などが作られている。隠れるような場所はそれでも決して完全な死角を作らず、ここで暗殺なんてしようと思ったらホネが折れるだろうな、という絶妙な作りだ。数百メートル先からのヘッドショットなどを警戒する必要がない世界なので、物理的な危険は少なそうである。この世界には、銃が存在しないからだ。

執事のような老齢の男性に促され、父と共に設《しつら》えてあるテーブルに着く。

椅子に座ってもなお、私は庭を見回していた。自分がスナイパーだとしたら、どこを陣取ろうかと考えながら。

　これがゲーム脳である！

　世界遺産の遺跡を見てパルクールの経路を考えてしまったり、現金輸送車を見て襲った後の逃げる算段をつけてみたり、大河ドラマを見て頭の中で戦の陣形を考えてみたり。ゲーム脳とは、非常に恐ろしい病である。これだけで数時間は潰せるのだから。

　建物の右手に、大きくせり出した翼《よく》がある。けれど距離が近すぎて、あそこではきっとスコープが反射してしまう。東向きの窓になるから、夕方以降ならあそこからでもイケそうだ。

　それより、その翼の屋上がいいだろうか。距離にして十数メートル延びてしまうが、撃ち下ろしになるから減衰《げんすい》はそう多くなかろう。角度を取って伏せたらいいだろうか。

　ああでも、あちらの木の上もありかもしれない。

　射角的に遮るものはほぼなし。翼に当たる風向きによっては、風力を考慮に入れる必要がある。スコープの反射はほぼなし。音に関しても届かないだろう。問題は、どうやってあの木に潜むかだ。

　そんなかなりどうでも良い事を考えていたら、建物の方からさわさわと音が聞こえてきた。

　父と目配せをしあい、立ち上がり礼を取る。暫くその体勢でいると、数人の人々がすぐそこで足を止めた気配がした。

「顔を上げてくれ」

　少年らしい高い声。けれど、人に命じ慣れている音。

　言葉に従い顔を上げると、そこには護衛を引き連れた王子殿下が立っていた。

さらさらと風に靡《なび》く音すらしそうな、綺麗な金の髪。決して不健康そうには見えない、シミ一つない白皙《はくせき》の肌。貴石を嵌め込んだかのようにキラキラとした碧眼。

総じて、作り物じみた美しさの少年である。美少年マニアの人形師が、心血を注ぎあげて作り上げた傑作、といった風情だ。

「今日はわざわざ来て貰《もら》ってすまない」

「とんでもない事でございます。お招き、ありがとうございます」

礼を述べる父に合わせ、私も膝を折った。

そこへ殿下が歩み寄り、目線を伏せていた私の正面にすっと手を差し伸べてきた。

「顔を上げてくれないか、レディ。私は今日は、君と話をしたいんだ」

差し出された小さな手を、じっと見つめてしまった。

おそらく絹であろう素材の、とても素晴らしい縫製の手袋。何という事だろう。礼装に白手袋とは！　私の憧れの衣装ではないか！

この素晴らしい白手袋に、触れても良いのだろうか。いや、殿下に手を出させっ放しの方が無礼か。

恐る恐る殿下の手に自分の手を添え、顔を上げ立ち上がる。そのまま、殿下は私をエスコートし、椅子へと案内してくれた。

侍女たちがお茶の用意をし、テーブル周辺からすっと下がっていく。彼女たちの仕草に一切の無駄がなく、且《か》つ洗練されていて、『王宮の侍女』という人々の仕事の練度に素直に感嘆する。

殿下と共に現れた護衛たちは、それぞれ距離を取り、テーブルとその周囲を警戒している。彼らの視野の交差の仕方からいって、テーブルを中心とした二六〇度程度は警戒範囲だ。残りの百度は彼らがやってきた王宮方面であるから、そちらはそちらで別の警護の人間が配されているのだろう。実に無駄がなく素晴らしい。

また狙撃計画を練り直さねばならない。素晴らしい護衛たちのおかげで、ちょっと楽しくなってきた。

インポッシブルなミッションに挑んでこそのゲーム脳だ。

少しわくわくしつつそんな事を考えていた私に、殿下がにっこりと微笑んだ。

笑顔が！　胡散臭い‼（歓喜）

一見、とても優しい笑顔だ。だが、目が僅かにこちらを警戒している。警戒している事に歓喜しているのではない。笑顔が胡散臭い事に関してだ！

清廉潔白で真っ白も真っ白、漂白剤も驚きの白さのような人とは、上手く付き合っていける自信がない。何故なら、自分がそれほどの聖人でないからだ。

水清ければ魚棲《す》まずと言うが、私は真っ先に逃げ出すタイプの魚ちゃんだ。相手が良い人ならば良い人なだけ、自分の汚さを思い知って委縮してしまう性質だ。

だからと言って、真っ黒でも困るのだが。

「さて、エリザベス嬢……」

声をかけられ、殿下を見た。そういえば、自己紹介などをしていない。

まあ、あちらも既に『婚約者』となっている私の事など、私以上に詳しくご存じの可能性があるが。

「はい。エリザベス・マクナガンと申します。拝謁できました事、恐悦至極に存じます」

ふかぶか～と頭を下げた私に、殿下がくすっと小さく笑われた。

『くすっ』ですってよ！　しかも嘲笑ではなく、思わず漏れた感じの笑みで！　美形は素晴らしいですわね～。何しても様になりますわね～。

「君の名前などは既に承知だ。調べぬ訳にはいかないからね」

「仰せの通りでございますね」

そらそうだ。

頷いた私に、殿下が僅かに怪訝そうに瞳を細めた。

あら～。美形はいいわねぇ～（以下略）。

その怪訝そうな目で父を見ると、殿下は小さく息をついた。

「公爵、ご息女は五歳ではなかったか？」

「五歳でございます。間違いございません」

苦笑する父に、殿下は「そうか……」と何か納得いかない様子。

五歳よ～。エリザベスで～す。五歳で～す。

五歳の女児にしては選ぶ語彙が固いかもしれんが、発声はきっちり舌っ足らずだ。問題ない。見た目もきっちり幼子《おさなご》だ。更に問題ない。

殿下は顔を上げると、私を見て軽く首を傾げた。その僅かな動作に、殿下の金糸のような前髪がさらっと揺れる。

美　形　は　い　い　わ　ね　～（三度目）

「君が名乗ってくれたのだから、私もそれに倣《なら》おう。レオナルド・フランシス・ベルクレインだ。レオンとでも呼んでくれ」

呼んでくれ、と言われてもね、と曖昧に微笑んでおいた。チョーシに乗って「ハイ、レオン！　元気かい？」とか言ったら無礼討ち……とか、なくもないかもしんないしね！　そもそも初対面なのだから、『適切な距離』は大切だろう。

「折角、婚約が調ったのだから、今日は少し君と話をしたいと思ったのだが……」

が？　やっぱやーめた、的な？

何が続くのかと首を傾げた私に、殿下はまた「くすっ」と小さく笑われた。その「思わず漏れました」って笑顔、すごく卑怯だわ！

「君は今流行しているご婦人のドレスの型を知っているかな？」

「ご婦人のドレスなど、母が着ている物しか存じません。ですので、それが流行っているのか廃れているのかの判別が付きません」

まだ夜会に出るような歳でもない。茶会などは母に連れられて行く事はあるが、あの場で着用するドレスは夜会のそれとはまた違う。そして私に用意されるドレスは、子供向けの可愛らしい物ばかりだ。

……まあ、五歳のビア樽のような体形の子供に、背中と胸の開いたイブニングを着せても仕方なかろうが。それはそれで、もしかしてどっかに需要があるのか？

しかし何故にいきなり、ドレスの話？　王太子妃たるもの、流行にくらい敏《さと》くいろって事？

頭の中に「？」ばかり並べていると、殿下が僅かに苦笑した。

「好きな花などはあるかな？」

「花……でございますか……」

ぶっちゃけ、ほぼ興味がない。

食べられるなら別だ。菜の花やハーブなどは、私の中では『花（観賞用）』というカテゴリでなく、『食品』や『薬品』だ。山菜にも一家言《いっかげん》ある。

この庭園にも沢山の花があるが、薔薇くらいしか分からない。しかも多分、その薔薇も数種類の品種が植わっている。色違いや、形が違うものが見受けられるからだ。

しかし私の中では、『全部まとめて薔薇。なんなら、全部花』だ。

「もしや、興味がないかな？」

苦笑したままで促してくれた殿下に、何だか少し申し訳ない気持ちで頷く。

「……はい。綺麗だとは思いますが、個々に思い入れなどはございませんし、名なども存じません」

女子としてどうなのか。いや、令嬢としてどうなのか。

これはいかん。ちょっと恥ずかしい。ちょっとだけ勉強しよう。せめてこの庭に咲く花くらいは、覚えておこう。

「では、君の『好きなもの』は何かな？」

「好きなもの……で、ございますか……？」

「そう。例えばご令嬢であれば、ドレスであったり、宝石であったり」

ああ、そういう事か。

納得して、申し訳なさから苦笑してしまう。

「お花であったり……でございましょうか」

「そう」

殿下も同じく苦笑する。

通常のご令嬢との会話のとっかかりだったのだ。

これは申し訳ない‼　ことごとく興味がない‼　何てこった！　ちょっと恥ずかしい‼

「お、お花は、えっと……」

いかん。まるで知らん。賭けてもいいが、この話題は広がらん。

軽く俯いてしどろもどろになっていると、殿下が小さく息をついた。

「いや、花はいい。……君は、本などは読むかな？」

「読みます……」

ええ、読みます。五歳の女児は読まないであろうものを。

「最近読んだ本の話を聞かせてくれないか？」

「最近……」

どうしようか。この世界で女の子に有名な『緑の王子様』という童話の話でもして、お茶を濁しておこうか。それとも、女の子が憧れるらしい『宝石姫』の話にしておこうか。

「エリィ、正直にお話しなさい」

少しだけ呆れたような、諦めたような父の声に、顔を上げた。父は既に、自分の娘が『一般的な五歳の女児』らしくない事くらい、百も承知である。

しかし正直に……か。いいのか、父よ。

そういう思いを込めて父を見ると、父は一つ頷いた。

ええい、女は度胸だ！

「最近は、ハラルド・ベーム著の『ディマイン帝国興亡史』の下巻を……」

「…………は？」

たっっっぷりと間を取って、殿下が呆気にとられたような声を出した。

あら～、間の抜けた顔も絵になるわねぇ～。美形は（以下略、四度目）。

殿下は何かを確認するように父を見ている。その視線の先で、父は苦い顔で頷いている。

「どうも娘は、一般的な女児の好むような物語を好みませんで……。童話なども買い与えたのですが、一通りざっと読んだ後は手に取る事もしませんで……」

それは人聞きが悪い！

まるで私が本を雑に扱っているようではないか！

「そのような事はありません！　『リベア王女の宝冠』は宝物です！」

女児に好まれる絵本の一種である。絵本だって大事にしてますアピールだ。

だが私の必死のアピールに、父は深い溜息をついた。

「……話の内容が好きで大切にしている訳ではないだろう……」

「それはそうですが、いけませんか？　お父様にいただいた本で、あれが一番大好きなのですが……」

『リベア王女の宝冠』とは、昔々ある所にいたリベアという王女様が、魔女に呪われた兄王子を助ける為に、呪いを解くとされる冠を編む話だ。

前世の白鳥の王子に似ているかもしれない。呪われた王子が一人しかいないだけ、こちらの方が良心的である。最後は無事に呪いの解けた王子が王となり、王女はそれを生涯献身的に支えたという、恐らくハッピーエンドなのであろう話である。

要は、女は男を支えるものよ～、みたいなお話だ。別にそれに言いたい事がある訳ではない。そういう価値観の世界である、というだけだ。

その絵本の何が大切かというと、父がくれたのは約二百年前に出版された初版だったのだ！　しかも挿絵が、有名画家のマルクス・ベルナールだ！　装丁も非常に凝っていて、間違っても『子供向けの絵本』ではない。

前世で言うなら、シンデレラでも白雪姫でも何でも構わない内容で、挿絵がレンブラントだったとでも思ってもらえたら良い。

二百年前の風俗なども知れる、細緻《さいち》で優美で写実的な絵柄なのだ。

私はそれを、専用の展示台を作ってもらい、そこに飾っている。当然、直射日光と紫外線は敵である。寝室の、光の当たらない場所に設置してある。

眺めているだけで幸せになる、素晴らしい一冊だ。

「……つまり、芸術品として大切にしている、と」

僅かな呆れを滲ませて呟いた殿下に、私は軽く首を傾げた。

「だけではありません。確かに、装丁も素晴らしく、芸術品としても価値はございましょう。ですがそれ以上に、バーンスタイン書院版の初版である事や、一ページの抜けもない事など、稀覯本《きこうぼん》としての価値もはかり知れません」

それに何より、単純に全てが美しいのだ。

「それにしても、ハラルド・ベームの興亡史か……」

呟くように言うと、殿下はこちらを見て軽く微笑んだ。

「何故それを読もうと？」

ディマイン帝国とは、約四百年ほど前に滅んだ国である。

現在その領土であった土地は、三か国に分割され統治されている。

王城跡地は現ミスラス共和国にあり、観光地となっている。現在では城壁の一部と、城郭の土台が残る程度である。一回、行ってみたい。

約二百年に及んだディマイン帝国の興りから滅亡までを、多彩な資料で多角的な観点から考察する歴史書だ。刊行は十五年前なのだが、それまで定説とされていた滅亡のきっかけとされる『オーガルシア戦役』のとらえ方や、八人の皇帝の描き方などが独特で、現在も歴史学者たちの間で評価が割れる書である。

何故読もうと思ったかと問われたら、面白そうだったからだし、興味があったからなのだが。恐らく殿下が尋ねたいのは、『そもそも何故興味を持ったのか』だろう。

「以前、『悠久なるアガシア』を読みまして――」

「いや、ちょっと待ってくれ」

出だしで遮られた。

うん、まあね。そうかなとは思った。

「読んだ？　『悠久なるアガシア』を？」

「はい」

「……公爵、貴方のご息女は、私の理解を超えるようだ」

溜息をつきつつ父を見た殿下に、父も同様に溜息をついた。

「我々家族は既に、理解は諦めております」

父、酷《ひで》え!!

『悠久なるアガシア』、またの名を『立派な鈍器』。

厚さが十センチはあろうかという、よくもまあ詰め込んだな！　と言いたくなる、分厚過ぎる本だ。しかもこの世界にペーパーバックなどない。ハードカバーだ。

漬物石にもなるかもしれない、立派過ぎる鈍器だ。

幼女の腕でアレを持つのは容易ではなかった。一度机に広げ、ひと月そのままそこにあり続けた。動かすのすら億劫な、素晴らしい重さである。

内容は、アガシア大河という巨大な河と、その沿岸の歴史だ。前述のディマイン帝国も、アガシア大河流域に興った国である。

それを見て興味を抱いたのだ。

広大な版図《はんと》を持ち、商業・農業等の国力も豊かで、強大な軍事力も持ち、先進的な文明すらあった大帝国。それが今は、世界地図から消えているのだ。

浪漫しかないじゃん!! 調べたくなんじゃん!! ……異論は認めよう。

「……『悠久なるアガシア』を読み、ディマイン帝国に興味を持った、と」

はー……と溜息をつきつつ言った殿下に、私は頷いた。その溜息、失礼じゃね?

「仰せの通りです。興味を持ちましたので、まずはネルソン・コキウスの『ディマイン帝国の光と影』を読みまして、次にアウレリウス・ワッツの『ディマイン帝国―二百年の栄光―』を、そして興亡史を……という具合に」

「君は歴史学者志望なのかい?」

何やら疲れたような表情をなさった殿下が、やはり疲れたような口調で尋ねてきた。

「いいえ? 単に、興味があったから読んだだけですが。娯楽の一つ、みたいなものでございます」

「……娯楽」

「はい」

「少々、変わった娘でございまして……」

だから父よ！　娘への評価、酷くない⁉

次回会う時には、君の好きそうなものを用意してみよう、と別れ際に殿下は仰った。何を用意してくれんのかな。ディマイン帝国の遺跡のあるミスラス共和国行きの旅券とかだと、飛び上がって喜ぶんだけどな。

✤ ✤ ✤

私は七歳になる年の春に、立太子の儀を受け、王太子となった。

これは慣例に則《のっと》ったもので、王族の嫡子であり、資質に問題なしと議会で承認を得られたなら、七歳で立太子される。

下には妹が二人いる。もしも自分に何かあったなら、妹たちのどちらかが女王として立つ事になる。そうはならぬよう、気を付けたい。妹たちにいらぬ重荷を背負わす事はない。

立太子を済ませたら、将来の伴侶を選定しなければならない。放置していても問題はないと言えばないのだが、『王妃』という座に色気を出す連中が鬱陶しくて煩いので、さっさと済ませられるならそれに越した事はない。

現在、国内の情勢は安定している。近隣諸国には多少のキナ臭さはあるものの、平常の範囲内だ。つまり、大きな政略としての婚姻は必要ない。

王や王妃、そして廷臣たちとの協議の末、私はマクナガン公爵の娘との婚約を決めた。内定した時期は私が八歳の頃であるのだが、公爵家へ正式に通達するにはその後一年程度の時間が空いた。どうせなら煩い連中を黙らせてからにしようと思ったからだ。

マクナガン公爵家の娘は私の四つ年下だ。年齢差があり過ぎるという程でもない。

マクナガン公爵家は、五つある公爵位の序列三位だ。発言権はそれなりにあるのだが、そもそも大きな発言をしない。日和見などと言われる事もあるが、どちらかというと穏健・事なかれ主義の家である。大きな派閥を率いる事もなく、属する事もない。けれどかの家を慕う貴族は多い。

中立の中立。

自身の娘を推してくる連中が多すぎて、それらを黙らせるのに時間がかかった。相手を穏健派と見て、己の家格が下であるにも関わらず捻じ込めると踏んだのだろう。そういった欲を出す時点で、その家は除外されると気付かぬのだから、話にならんのだが。

その間も、渦中のマクナガン公爵家からは、何一つ発言はなかった。推すような素振りもなければ、引くような素振りもない。

何だか不思議な家だと感じた。

問題があるとするならば、エリザベス・マクナガンという少女について、これといった情報がない事だ。絵姿は公爵から入手した。とても愛らしい少女の絵姿である。

ふんわりと波打つ色の薄い金の髪に、若葉のような明るい緑の瞳。ふっくらとした唇に、小作りな鼻。椅子にちょこんと座った肖像で、その様はお人形のようである。

まあ、それを丸っと信じるような事はないが。

どうにか煩い連中を黙らせ、婚約を調えた。神前に提出する書類と、貴族院の調停所へ提出する書類と、王宮で保管する書類を作成し、公爵にも了承を得た。

公爵は全てを王命と粛々と従って動いていたが、全ての書類に署名を終えた後で、私を見て苦笑して言った。

「もしも娘がお気に召さなければ、いつでも白紙撤回に応じますので」

と。

思わず、公爵の欲の無さに呆れてしまった。家長がこれで、公爵家は大丈夫なのだろうかと。

けれど公爵の言葉の意味を、私は彼女との初対面で知る事になる。

あれは、欲がないのではなかった。娘が風変わり過ぎるが故の心配だったのだ。

公爵との会見後から私は一応、対面の前日まで、四つ年下の少女と何を話せばいいかを考えていた。

三つ年下の妹は、父に誕生日に貰った人形に夢中だ。城内で偶然を装ってすり寄って来るご令嬢たちは、ドレスや宝石、美しい花や絵物語が大好きなようだ。

どれも、私自身が全く興味のないものばかりである。

それでも少しは話を合わせる努力をしようか、と、植物の図鑑や流行の物語などを読んでみたりした。まさかそれが、全く無駄な努力になるとは、思いもしなかった。

当日、会場として指定したのは、特に薔薇の花が美しく配置された大庭園だ。『女性は大抵薔薇が好き』という、雑な先入観からの選択である。

会場へ向かう途中、設えられた場を遠目に観察した。令嬢とその親が、どういった態度でこの場に臨んでいるのか、それを観察する為だ。

二人は特に会話をしている風ではない。公爵はのんびりと庭を眺めていて、ご令嬢も庭を眺めている。護衛からオペラグラスを借り私はご令嬢を観察した。

庭を見ている。見ているのだが、彼女の視線の高さは、薔薇などの低木より高い場所を見ているようだ。

何を見ているのか?

視線を追ってみるが、彼女の視線の先には王宮のヘーベル翼がせり出しているだけだ。建築に興味があるのであれば、ヘーベル翼の構造も面白いかもしれない。だが、五歳の少女が？　更に視線を追うと、庭の向こうの何もない場所を見て頷いている。

謎しかない。

あのご令嬢で本当に良かったのだろうか。

少しだけ不安になりながら、護衛にオペラグラスを返し、会場へと向かった。

私が到着した事に気付いた二人が、深々と臣下の礼を取る。それを直させると、二人を席へと促した。

着席したエリザベス嬢を見ると、驚いた事に絵姿よりも愛らしい見た目をしていた。

絵では表現しきれない、けぶるような淡い金の髪や、キラキラと明るい瞳など、細かい差異を挙げたらきりがない程だ。

絵姿を上方向に偽る者（特に女性）は珍しくないが、下方向に偽る者は初めて見た。いや、偽っているつもりはないのかもしれない。画家が描き切れなかっただけかもしれない。

お茶の用意をし下がる侍女を、エリザベス嬢は感心したように見つめている。何にそれほど感心しているのだろうか。更には離れた場所に待機させた護衛騎士たちを見、うんうんと頷いてもいる。

貴人の前に姿を晒す護衛騎士たちは、特に見目の良い者を選ぶ。いかにも強面を引き連れていては、相手を警戒させてしまうからだ。

彼女も恐らく、彼らの見目の良さに満足したのだろう。

とりあえず今日の目的は、前情報の全くないエリザベス・マクナガンというご令嬢の事を少しでも知る事だ。それによって、王太子妃としての教育内容を考えねばならないからだ。

実は使用人に混じって私の教育係のナサニエル・ヴァレン師も居る。つまらぬ会話になるだろうが、受け答えなどから教育の程度を見極めてもらう為だ。

さあ始めようかと、彼女に声をかけた。

すると彼女は開口一番、「エリザベス・マクナガンと申します。拝謁できました事、恐悦至極に存じます」と、淀みなく述べた上で頭を下げてきた。

そう言えと教えられていたのだろうか。五歳にしては、言葉選びが固すぎやしないだろうか。

彼女も苦労しているのかな、と、自然と笑みが漏れてしまった。

教えられた挨拶ならば、こう返してみたらどうなるか、と少しだけ悪戯心が湧いた。

「君の名前などは既に承知だ。調べぬ訳にはいかないからね」

既に知っていると伝えたら、どのような反応をするだろう。

これまで出会ったご令嬢たちは、大抵頬を染めて喜んだりした。中には驚く者もいた。ところが、だ。

「仰せの通りでございますね」

言葉通り、何も驚くこともなく、エリザベス嬢はいかにも納得した風に頷いている。

何だ、この少女は?

権力欲のない、中道も中道の家だ。その娘に権力欲がなくても不思議はない。それ以前に、五歳の少女に『王太子妃』のなんたるかが分かっていない可能性もある。

しかしこの少女は、恐らくそうではない。

そういった事を理解したうえで、『婚約が調っているのだから、名前くらい知っていて当然』と、初対面にして理解している節がある。

何だ？

私は思わず公爵に、「本当にご息女は五歳か」などと馬鹿げた質問をしてしまった。間違いないと苦笑する公爵の隣では、エリザベス嬢がにこにこと、何か微笑ましいものを見るような目で私を見ている。

そうだ、これはあれだ。祖母が私を見る目だ。

いや、待ってくれ。私の方が四つも年上なのだが？　彼女は今、まだ五歳でしかないのだが？

「君が名乗ってくれたのだから、私もそれに倣おう。レオナルド・フランシス・ベルクレインだ。レオンとでも呼んでくれ」

そう言ってみると、彼女はまるで「どうしよっかな～」とでも言いたげな曖昧な笑みを浮かべた。

何だろうか、この少女は。調子が狂って仕方ない。

その後、何とか会話を……と、流行のドレスの話や、好きな花などの話を振ってみた。

結果、見事に全て空振った。

これ程までに、打っても響かないご令嬢は初めてだ。

しかも、それらに興味がない事に恥じ入って、僅かに頬を染めて俯いている。いや、別に興味を抱いて欲しい訳ではないから、そこまで恥じなくても良いのだが。

今日の為に用意した話題は、どれも使えそうにない。ならばもう、自分の引き出しにある話題しかない。

「君は、本などは読むかな？」

一応、流行の恋物語などもおさえてきた。定番の絵本などなら、楽勝だ。

さあ来い！　と待っていると、エリザベス嬢は僅かに言い辛そうに「読みます」と小さな声で答えた。

何故そう言い辛そうなのかが気になったが、私は話を続ける事にした。

「最近読んだ本の話を聞かせてくれないか？」

「最近……」

えらく言い出し辛そうだ。俯いて、難しそうな顔をしてしまった。まさか、本を読むというのが嘘で、最近読んだ本などなかったのだろうか。

「エリィ、正直にお話しなさい」

随分迷っているようなエリザベス嬢を、公爵が呆れたように促した。それに彼女は、本当にいいのかと問うように公爵を見てから、おずおずと口を開いた。

「最近は、ハラルド・ベーム著の『ディマイン帝国興亡史』の下巻を……」

…………え？　……は⁉

ベーム博士のその本ならば、私も読んだ。ナサニエル師に薦められたからだ。

ちらりと視線を動かしてみれば、従僕のお仕着せを着たナサニエル師が、えらく驚いたように目をかっ開いている。私もあれくらい素直に驚きを表したい。羨ましい。

驚きそのままに公爵を見れば、公爵は苦々しい顔をして頷いた。

つまり、幼児が大人ぶりたくて、大人の読むような本をぺらぺら捲《めく》っただけで「読んだ」と言い張っている訳ではないようだ。

それにしても、五歳が読むには難解に過ぎないだろうか。

今は亡きディマイン帝国の使用言語であるディマイン語の引用も多く、副読本なしに読破は難しかったのだが……。それ以前に、五歳の少女が亡国に興味を持つ事が珍しい。

何故それを読もうと思ったのかと尋ねると、更なる驚きの回答がやってきた。

「以前、『悠久なるアガシア』を読みまして――」

「いや、ちょっと待ってくれ」

いや、本当に待ってくれ！

発言を遮ってしまって申し訳ないだとか以前に、言っている内容が分からない。いや、分かるのだが、理解が出来ない。

「読んだ？『悠久なるアガシア』を？」

尋ねれば、当然のように「はい」と頷かれた。ナサニエル師はとうとう、頭を抱えて蹲《うずくま》ってしまっている。羨ましい。私もその体勢を取りたい気持ちだ。

『悠久なるアガシア』は、別名『鈍器』だ。

王立学院の歴史学科では必読図書とされているが、挫折する者を何名も出す分厚い歴史書だ。

私はまだ、全て読み終えてはいない。あと三分の一ほど残っているのだが、その三分の一で通常の書籍の倍程度の量がある。

確かに、あの書の中でディマイン帝国の興亡はかなりのウェイトを占める。アガシア大河流域の文明において、ディマイン帝国は中興の祖と言われているからだ。

「……『悠久なるアガシア』を読み、ディマイン帝国に興味を持った、と」

つまりは、そういう事なのだろうか。

筋は通っている。幼女の見栄などではなく、真実、歴史を学ぶ者のたどる道筋だ。

「仰せの通りです。興味を持ちましたので、まずはネルソン・コキウスの『ディマイン帝国の光と影』を読みまして、次にアウレリウス・ワッツの『ディマイン帝国―二百年の栄光―』を、そして興亡史を……という具合に」

いや、本当にもう勘弁してくれ。

ディマイン帝国という亡国を知る為の、正しい道筋をきちんと辿っている。五歳の少女が。

『ディマイン帝国の光と影』は、かの国の帝室に焦点を当てた書だ。それぞれの皇帝の治世を詳細に調べている。

そして『ディマイン帝国―二百年の栄光―』は、かの国の文化や風俗に焦点を当てた、全四巻構成の書だ。

それらを読んだ上で、新説とされる興亡史……。

頭を抱えて蹲ったままのナサニエル師が、立ち上がる気配すら見せない。普段厳しい師に、これほどの共感を覚えるのは初めてだ。

もうどうしたら良いのか。

……とりあえず、突っ込んでおこう。

「君は歴史学者志望なのかい？」

それに彼女は当然のように「いいえ」と答えた。

「単に、興味があったから読んだだけですが。娯楽の一つ、みたいなものでございます」

娯楽……。鈍器と呼ばれ、挫折する者すら出す本を。私ですら、あれらを『娯楽』とは言えない。

こんな事ではいけないのだろうが、何だか少し疲れてきた……。

その後幾らか会話を交わし、今回はお開きとする事にした。

次回会う時には、君の好きそうなものを用意してみよう、と告げると、彼女は年相応の無邪気で可愛らしい笑顔を見せ「楽しみにしております」と答えた。


二週間後、二度目のお茶会で、私が彼女の為に用意したディマイン帝国の遺跡から出土したブレスレット（レプリカ）に、彼女が飛び上がりそうなくらいに喜ぶのだった。

第2話　きみとわたしの、はじまりの話。

エリザベス・マクナガン公爵令嬢との婚約が調って二年。

初対面ではただただ私が驚かされるばかりで終わってしまった。その後対話を重ね、半年もするとエリザベス・マクナガンという少女の事が少し分かってきた。

彼女は、私の想像を超える人物だった。いや『超える』というと語弊《ごへい》がある。『想像だにしない人物』の方が正確か。

ドレスにも宝石にも花にも興味がなく、贅沢にも全く興味がない。

とてつもない贅沢をしてしまったと彼女が難しい顔をしていたので尋ねてみたら、古代史に出てくる戦場の詳細地図集を購入してしまったのだと告げられた。

確かにアレは書籍としては高額だ。安めのドレスが一枚購入できる程度の値段がついている。大判の地図帳で、通常の書架には収まらない大きさと厚さのものだ。

軍議・戦略などの授業で、私もお世話になっている書である。歴史の授業でも、度々登場する。

何故それを購入したのかと尋ねたら、輝かんばかりの良い笑顔が返ってきた。

「もっと効率の良い、死者の出ない戦略があったのでは……と、検証してみたいのです！」

何故⁉

「あと、浪漫です‼」

浪漫⁉

エリィは私の学問の師であるナサニエル師と、今では親友と言って過言でない程に懇意である。

彼女のこの発言を師に伝えると、師は「エリザベス様はよく分かっておられる」と頷いていらした。

私にはよく分からないのだが、謎の疎外感を覚え少し寂しい。

いや、正直に言えば混ざりたくない気持ちは多少はあるのだが、エリィが私と居るより楽しそうなのも気に入らない。


エリィに対して私は当初、私より四つ年下の少女という事で、平易な言葉を選択するようにしていた。

けれどエリィはすぐにそれに気付き、わざと難解な言葉を選んで話してくれた。それはつまり「この程度までなら理解できるので、噛み砕く必要はありません」と教えてくれたのだ。

それを理解してからは、エリィと話すのが格段に楽になった。楽になったどころか、楽しくなった。

私が苦手とする『女性の好むような話題』は、彼女も私同様に苦手としている。それは例えば、恋愛の話であったり、流行の髪型や服装、化粧や香水等の美容関係などなどだ。

そして私が得意とする政治や経済や法令、国際情勢などの話題には、彼女は積極的に乗ってくる。のみならず、独特の視点から意見までしてくる。非常に楽しい。

ただ、戦闘関係の話になると俄然《がぜん》活き活きしだすのは、どうにかならないだろうか……。『効率の良い敵の殲滅方法』だとか、他人が聞いたらぎょっとするどころでは済まないのではないだろうか……。

まあ、エリィだから、その辺りは弁えているけれど。

己の分を弁え、歳より大人びているエリィなのだが、「私にだって、剣は使えると思うんです！」とその年頃の子供特有の無邪気な全能感で発言しだしたりする。ならばと試しに模造剣を持たせたのだが、それを『振るう』のではなく、構造を騎士たちと真剣に論じていた。……どうしてそうなる？

その際のエリィの発言を受け、騎士たちに支給されている剣の改良が行われたのは記憶に新しい。

ただ、エリィは鈍臭い。

時折、何もない場所でこける。転んだりする前に、私や護衛たちで支えているので大事ないが、彼女にはどうやら透明な段差やでっぱりが見えているらしい。

あそこにちっちゃいでっぱりがあったんです！　と、照れつつもむくれた表情で言い訳をする。可愛い。

試しにと持たせただけの模造剣で、何故か自身の足を打ち据え、小さな青あざを作っていた。どうしてそうなったのかが、見ていたにも関わらず理解できなかった。

エリィはやはり「思っていたよりも重量がありまして……」だの、「子供の手には剣が大きかったのでは⁉」だのと言い訳をしていた。残念だけどエリィ、あれは『幼年用の模造剣』だよ。

　この時の出来事を踏まえ、護衛の連中には「エリィに剣などを触れさせぬように」と徹底させている。エリィにも言い含めてある。本人は少し不満そうだったが、「承知いたしました」という返事をもらっている。

　模造剣だからあざで済んだものの、もしあれが本物の剣だったらと思うとぞっとする。

　騎士たちも同意見のようで、「エリザベス様には絶対に、剣のみならず『危険が有りうる』と判断できそうなものは触れさせません」ときっぱり言い切ってくれた。


　ある時は馬に乗ってみたいというのでやってみたら、馬に完全に舐められていて、歩き出す事すら叶わなかった。どうしても一人で乗ってみたいのだ！　と言うエリィの為に、王家所有の馬の中でも一番賢く美しいとされる馬を用意していたにも関わらず、だ。

　最終的に座り込んでしまった馬の背で、エリィは諦めて眠ってしまっていた。

　エリィの言う事を聞かなかった馬にエリィは「走らない馬は、ただの馬よ！」と訳の分からない文句を言っていた。いや、それはそうだろう。そして走ったとしても、馬は馬だろう。

　厩務員《きゅうむいん》に後でこっそり尋ねたら、「恐らく、自分が動いてしまってはエリザベス様が落ちてしまわれると、馬なりに気を遣ったのだと思われます。……あの子は、特別賢い子ですので」との事だった。

　馬にも気を遣われるエリィ、鈍クサ可愛い。

そういった微笑ましい日々（感想には個人差はあるだろうが）を重ね、婚約から一年が経った頃、私は国王と王妃に呼び出され尋ねられた。

「エリザベス嬢を未来の伴侶と定めるか」と。

婚約者と定め据え置きはしたが、まだ正式な披露目は済んでいなかったのだ。彼女が事実、その座に相応しいのかどうかの選定が済んでいなかったからである。

そして、私と彼女の相性も不明であったからだ。

一年。

彼女と共に過ごしてみて、ただ聡明なだけではないと知った。知識も興味も多岐に渡り、独特な視点を持ち、けれど決してそれらに驕《おご》る事も鼻にかける事もない。

見目は物語に出てくる妖精もかくやという程に可憐であるが、口を開くと驚くような事ばかり言う。そして無駄な行動力もある。己を弁え、出過ぎるような事はない。けれど、引き過ぎる事もない。

私は両陛下をまっすぐに見据え、はっきりと頷いた。

「エリザベスを、我が妃にと望みます」

そう。初めは『このご令嬢でいいか』と定めた相手だった。

けれど、今は違う。

『彼女でいい』ではなく、『彼女がいい』。

私の返事を受け、両陛下も納得したように頷かれた。

婚約の披露目の宴《うたげ》に先駆け、私からエリィにそれを伝えた。

「その宴を終えたら君は、国内の貴族全員から正式に『王太子の婚約者』であると認められる。つまり、それ以降は準王族と扱われるようになり、婚約の撤回などは余程の事がない限り不可能となる」

「はい」

真剣な顔でエリィが頷く。

まあ、今更言われなくとも、エリィなら分かっているだろう。けれど、訊いておきたかったのだ。

「こちらが勝手に選定し、君の意思などを問わずその座に据えた。不満などがあるのならば、これが最後の機会となる。……私の妃となる事を、了承してくれるだろうか?」

現時点でも充分、撤回などは難しいのだが。

それでももし、エリィが心底嫌がるとすれば、何としてでもなかった事にしてみせよう。ただ、エリィが己の意思で私を選んでくれるならば、私は何を賭けてもエリィを守ろう。

一年だ。

そう長くもない時間かもしれない。けれど、決して短くはない。

その期間、私は彼女を観察でもするかのように見てきた。

聡明で、屈託がなく、けれどただ無邪気なだけではなく。『清濁併せ呑む』という事柄の重要性を知っていて。

笑顔が可愛らしく、少しだけ鈍臭く、小さな体で私の後ろをちょこちょこついて歩く。

私にとっての『エリザベス・マクナガン』は、初対面時の『奇妙な令嬢』という印象から、一年を経て『可愛らしい放っておけない妹』へと変化していた。

友愛と親愛、そして家族愛にも似た愛情を、エリィに対して抱いていたのだ。

エリィは一度軽く目を閉じると、ふー……と静かに深く息を吐き出し、ゆっくりと目を開けた。

「これで、私の退路は断たれる訳ですね」

とても静かな声だった。六歳の女児の発する声ではない。覚悟を決めた女性の声だ。

「退路を断たれたとするならば、貴女はどうするのだ？」

彼女の言う『退路』はつまり、婚約を撤回なりなんなりする事を指すのだろう。

尋ねた私に、エリィはにっと口の端を吊り上げるように笑った。

「退路がないなら、前方に血路を開くのみです」

軍略や戦略が好きな彼女らしい言葉だ。頼もしく、力強い。恐らく、エリィの前にならば、自ずとその道も開かれよう。

だが――

「ならば道は、私が拓こう。それを共に進んではくれないだろうか」

本当ならば、背に庇いたい。けれど彼女はきっと、それを良しとしない。であればせめて、露払いくらいはさせてくれないだろうか。

「いいえ、殿下」

静かな否定の声に、思わず軽く瞳を細めてしまった。けれどそれにエリィはにっこりと笑った。

「共に、道を拓きましょう。そして共に参りましょう」

僅かに好戦的な光を目に宿し微笑んだエリィの顔を、私は恐らく生涯忘れないだろう。

「もしも互いの道が分かたれるような事があるならば、沢山お話をいたしましょう」

「ああ……、そうだな。最後まで、互いを理解する事を諦めないと約束しよう。……では、レディ」

微笑むエリィに向け、私は手を差し出した。

「貴女を生涯エスコートする栄誉を、私にいただけるだろうか」

「殿下がそれをお望みである限り」

そっと添えられた小さな手を、思わず両手で握りしめた。それをエリィは、微笑んで見つめていた。

可愛い妹のような存在であった彼女が、私の唯一無二の愛しい女性となった瞬間だった。


そしてその二か月後、私とエリィの婚約者としての披露目の宴が開催された。

まあ主役が子供であるので、私とエリィは挨拶をして早々に退場となったのだが。緊張して右手と右足を一緒に出しそうになっているエリィが可愛かった。

その宴には、招いた覚えもないのだが、私と歳の近い少女らも出席していた。彼女らの両親は確かに招待者の中に居るが。子供が出席したところで、意味のない席であろうに。

そんな風に思っていたのだが、彼女らにとっては意味のある事であったらしい。

そう。『王太子が選んだ婚約者を見定めてやろう』という、心底下らない意味が。そして『少しでも粗が見えたなら、そこを突いてやろう』という、更に下らぬ意味も。

そもそも、だ。

王族《私》が選んで、その座に据えたのだ。それに文句を言うという事がどういう意味を持つか。それを彼女らは分かっていない。

その時点で、為政者となるには失格だ。

数人のご令嬢が居たが、その中に妃を選定した際に最終選考近くまで残っていた令嬢も居た。彼女を選んだりしなくて、心底良かったと思った。

それにエリィに文句をつけるにしても、エリィは国でも三番目の序列をいただく公爵家の娘だ。集まった令嬢の中には、公爵家の人間は居ない。五つある公爵家の中で、私と歳の近い娘が居る家は一つだけだ。家格で劣るにも関わらず、それを誹謗中傷してやろうという、その浅慮さ加減に辟易する。

その程度の考えしか持たぬ者を、『王妃』などという国の最重要職に就かせる訳にはいかない。

そう。

『王妃』とは、ただの『王の伴侶』ではない。『国』という巨大な組織を運営する、非常に重要な『役職』なのだ。ただ王の隣でニコニコ笑って、王に愛されていれば良い……などという訳にはいかないのだ。

ついでに言えば、「王妃なのだから、贅沢し放題！」などと考えているような輩は、国賊一歩手前であろう。

国庫は私費ではない。そして国とは、王の私物でもない。

けれど、それすら分かっていない大人が居る。そしてその大人に唆《そそのか》された子らが、当然のようにそう考えてしまう。

大人に吹き込まれた子らを一概に責める訳にはいかないだろうが、少し考えたら子供でも理屈は分かりそうなものなのだがな……。分からんのかな……。エリィはその辺りはきっちりと理解していたのだが……。

会場を挨拶回りしていた私とエリィの周りを、数人のご令嬢が取り囲んだ。私と同年代程度の、十歳前後らしき年齢の子らだ。見た目だけで招待客でないと知れる。

全員の特徴をざっと捉え、記憶しておく。後で誰かに、彼女らの素性を調べてもらおう。招待もされていない者を連れてくるような家は、信用がならん。のみならず、その家の者がもし『王位』というものに色気を出すようであれば、それはもう『信用』どうのという話ですらない。

今日の招待客は、エリィもきっちり頭に入れている筈だ。『成人もしていない子らは、招待客の中に居ない』という事は、エリィも分かっているだろう。

さて、このご令嬢たちは、私たちを取り囲んでどうしようというのかな？　お祝いでもしてくれるのかな？　……まあ、そんな雰囲気ではないが。

「殿下、この度はご婚約おめでとうございます」

言いながら、代表格らしき令嬢が深々と礼をしてきた。

一言目がきちんと祝いの言葉である事を少々意外に思いつつも、「ありがとう」と礼を返しておく。

頭を下げていたご令嬢方は、一斉に元の姿勢に直った。後ろの方の少女たちは、礼儀作法が苦手なのだろうか、少々ふらついていたりする。

……いや、これくらいの年代の子らであれば、そう咎められるようなものでもないか。エリィが歳の割にきっちりしすぎているだけだな。

代表格らしき少女は、エリィをちらりと見ただけで、エリィには言葉をかけようとしない。どう考えてもそちらが格下なのだから、その態度はいかがなものかな。まあ、私の知った事ではないか。精々、この先、勝手に苦労するがいい。

「ご婚約のお相手がマクナガン公爵令嬢様という事で、わたくし共はとても驚いておりまして……」

ふむ？　それが何だと言うのか。

「政略で選ばれるにしても、もう少し殿下の御為になるお相手が居たのでは……と」

下らん。

そもそも、『政略で選んだ』からこその、エリィだ。

エリザベス・マクナガンという令嬢を選んだ理由は、『王家とその周囲にとって、可もなく不可もない』という一点のみだ。

特別な利を得る者が居らず、損をする者もない。それは、マクナガン公爵家という家の、独特な有り方が故の理由だ。かの家以外に、そんな不思議な家は恐らく存在しない。

そしてマクナガン公爵家は、婚約の際に『王家のやり方には一切の口出しをしない』と言い切った。

……逆に怖い。

もし私たちが、後の学者に『世紀の愚策』『稀《まれ》に見る失策』などと言われるような事をしでかしたとしたら、あの家の者たちはどう出るのだろうか……。

「ではご令嬢、具体的に『私の為になる』というのは、どういう意味だろうか」

私を真っ直ぐに見据えてくるご令嬢に、質問を返してみた。

それにご令嬢は、我が意を得たりと言わんばかりに、得意げに微笑んだ。

「たとえば、わたくし共でしたら、殿下を心からお慕いし、終生愛しぬくと誓えます」

……それの何が、『私の為』なのだろうか……。言っては何だが、それはそちらの『自己満足』なのではなかろうか……。

軽く胸まで張っている少女を心底呆れる思いで見ていると、隣のエリィがぼそっと呟いた。

「『心から慕う』だけであれば、別に妃になどならなくても良いのでは……？」

その通り過ぎて、思わず噴き出してしまった。

「エリィの言う通りだ。勝手に遠くから慕っていてくれて構わんな」

「そうですよねぇ？　……まあ、それが行き過ぎて、行く先々で現れる……とかになったら、少々恐ろしいかもしれませんが」

……少々どころじゃなく、かなり怖いな……。

「行く先々の物陰に潜んでる的な」

「……いや、やめてくれ。本当に怖い」

まあ、貴族のご令嬢にそんな芸当は無理だろうが。

「そんな事はいたしません！」

いかにも嫌そうに、ご令嬢が声を張った。

いや、そう声を張らずとも、誰も彼女がそんな真似をするとは言っていないのだが。あと、感情が素直に顔に出過ぎるな。表情一つ制御できなくては、余計に『王族の伴侶』などは無理なのだがな。

「さて、レディ。貴女の提案に私は、全く利も益も見出せなかったのだが。貴女の言う『私の為』とは、それで終わりなのかな？」

ご令嬢は必死に何か考えているようだ。目があちこちを彷徨《さまよ》っている。

よもや、今の話で私がグラつくとでも思っていたのか……？ 思慮が浅いどころの話じゃないぞ……？ 浅いのではなく、これはもう『無い』と言っていいレベルだろう。

えっと、えっと……などと無意味な呟きを漏らしていた令嬢は、ややして「思いついた！」とでも言いたげに顔を上げた。

……エリィ、お願いだから、隣でご令嬢の動作に合わせて「ピコーン！ 閃いた‼」とか呟くのはやめてくれないかな……。笑ってしまうじゃないか。こんな場面で笑ってしまったら、このご令嬢のこれまでの言動から考えて、烈火の如く怒り出しても不思議じゃないんだぞ……？

エリィ曰く「ピコーン！」と何事か閃いたらしきご令嬢は、やっと意味のある言葉を口にできるという安堵のような表情を浮かべている。

「わたくし共の提案にりもえき？　もないと仰るのでしたら、公爵令嬢様にはどのような良い事があると仰るのですか？」

……途中に何だか、疑問符が付いていたな。

ああ、そうか。言葉の選択を失敗したか。

エリィと話していると普通に通じるものだから、そのつもりで話していたな。年端もゆかぬ少女には、言葉の選択が固かったか。

まあ、『良い事』と言い直しているのだから、意味は通じたのだろう。そう考えると、彼女は頭の回転は悪くなさそうだ。

「特に良い事などはないのではないですか⁉　殿下もこのように、お黙りになってしまわれて……」

「いや、申し訳ない。少々、考え事をしていた」

全く、話題と関係のない事を。

「さて、相手がエリィである事の有益性か……」

だからそもそも、それがあってこその『政略』なのだがな。

彼女らにとって『政略』というのは、単純に『想い合って結ばれる訳ではない』という意味にしかならないのだろう。もしかしたら、物語によくあるように、『互いに意に沿わない』とでも思っているのかもしれない。

エリィとの初顔合わせの前に何冊か読んでみた『ご令嬢に人気の物語』には、そういった設定の恋物語が多かった。『親の決めた婚約者と不仲な令嬢に、以前から想いを寄せていた別の男性が想いを告げてくる』というような。

主人公のご令嬢も、それを横から攫った男も、『政略』というものを何だと思っているのだろうな。

これに憧れる令嬢が多いという事実に、少々頭痛を覚えたものだ。

『政略』である時点で、それは『有益である』という事に他ならないのだが。さて、何と答えようか……。

ふと隣を見ると、エリィが何やら小声でぼそぼそと言っていた。

何を言っているのかと耳をそばだててみると、「ピンク様……、いや違うな。ドデカリボン様……？　略してドリボン様あたりか……」などと呟いている。

だから、やめてくれ……。笑ってしまうじゃないか……。

まさか、目の前に居る令嬢に、あだ名をつけているとは……。確かに彼女のドレスはピンクだが。頭と胸元に、大きなリボンが付いているが。

笑ってしまいそうなのを堪えつつ、ぶつぶつ言っているエリィに声をかける。

「君が婚約者であると、私にどのような良い事があるのだろうか」

その言葉に、エリィが心底不思議そうな顔をした。まあ、そうなるよな。

「『政略』なのですから、政治的判断における利または益があるのでは？」

うん。そうだよね。

「あ、愛情なんかはありませんの!?」

だからそもそも、そんなものを欲して相手を選んでいないと言うのに……。

「いえ、普通にありますが？」

それが何か？　とでも言いたげな口調で言うエリィを、思わずまじまじと見てしまった。私の視線に、エリィが少し不思議そうに首を傾げる。

「何ですか？」

「いや……。嫌われてはいないとは自負しているが、君が私に対して『愛情』などを抱いてくれているとは思っていなくて……」

「えぇ……」

『何で？』というような顔をするエリィ。

いやいや、そう思うだろう!?　そもそも、そんな話をした事もないし。

関係は良好であるけれど、それは君がきちんと自分に課された役割を知っているからだと思うじゃないか。

「まあ、ド……っうぅん、失礼、こちらのご令嬢の言うような『愛情』ではないかもしれませんが、殿下の事は尊敬しておりますし、好ましくも思っております」

ド……まで言って言い直した部分が気になるが。彼女はもう、エリィの中では『ドリボン様』で確定なのだな……。可哀想に……。

それはさておき。

「好ましい？　本当に？」

「嘘を言って、何になります？」

「何にもならんが、取り入ろうなどと考える者は、皆一様に褒めそやしてくると相場が決まっているからね」

「取り入ろうなどと考えずとも、殿下に目立った非も粗もないのですから、そうしたら自然と称賛する以外なくなるのでは？」

これはまた……。随分と高く買われたものだ。

非も粗も、君になら見えるのではないかな？　まあ、こんな場でそんな事は言わないけれど。

それに――

「君が私を好ましいと感じてくれているのなら、とても嬉しい」

そう。自分でも意外なくらい、エリィからの好意を嬉しいと感じている。

ああ、もしかして。

これがご令嬢に人気の物語によく出てきた、『恋心』というものなのかな。

ご令嬢たちはその後、エリィに「『王妃』という立場とは」という説教を受け、すごすごと退散していった。

ただ去り際、ドリボン嬢がエリィに対し、「わたくしが不勉強でした」と頭を下げていたのは立派だと思った。家格、立場はエリィが格段に上ではあるものの、ドリボン嬢より大分年下である事は事実というのに。その相手に対し、きちんと己の非を認めたのだ。

エリィも「ドリボン様は大成なさるかもしれませんねぇ」と嬉しそうだった。

確かに、彼女は中々に見どころがありそうだ。詳しく調べてみる価値があるかもしれない。

あと、名前が『ドリボン』で固定されてしまう前に、是非、彼女の本当の名を知っておきたい。この先の社交の場で、彼女を「ドリボン嬢」と呼んでしまう失態だけは避けたいからだ。


そうしてご令嬢たちも去り、挨拶もあらかた終え、私たちは退出する事となった。

会場の隅でエリィの母親であるマクナガン公爵夫人が、「エリィちゃん、ファイト～！」と声を出さずに口をパクパクさせている。

そう言いたくなる気持ちも分かるほど、隣のエリィは疲労困憊《こんぱい》だ。

「……さ、エリィ。私たちは退出しようか」

「はい……」

ふー……と息をつきながら、私の差し出した腕にそっと手を添えてくる。その手は当然だが、ただそっと添えられただけで、私を支えにするようなものではない。

「疲れたのなら、もう少し寄りかかっても大丈夫だよ」

「いえ、殿下もお疲れでしょうし。それに……」

軽く言葉を切ると、エリィはこちらを真っ直ぐに見て微笑んだ。

「出来るだけ、自分の足で立って歩きたいのです」

「……うん」

そうだね。

それは私も、同じ思いだ。

「じゃあ、行こうか」

「はい」

歩き出す私たちに合わせ、「王太子レオナルド殿下、並びにご婚約者エリザベス・マクナガン公爵令嬢、退出でございます」と声がした。


自分の足で、自分の決めた道を。

願うべくは、君と同じ方向を見て、二人で並んで。そうして歩いて行けたなら。

漠然と、そんな風に思うのだった。


余談であるが、その後きちんとドリボン嬢の名前と素性を調べた。

……が、彼女の名前がどうしても覚えられないという事態に陥って、心底困っている。『ドリボン』という音が、彼女の本当の名にかすりもしていない事だけは覚えているのだが……。

これはもう、将来夜会などで声をかけられない事を祈るしかなかろう……。

第3話　エリちゃん、初めてのお茶会。～空が、青いわ……～

はわゆ～、エリザベスよ～。今は八歳になりましたよ～。

五歳の美幼女が三年の時を経て、今、蛹《さなぎ》から蝶へ――

ならんわね。まだ蛹だわね。美蛹。

婚約者のレオナルド王太子殿下とは、今もゆる～く交流している。

四つも年上の殿下からしたら、八歳児は妹のようなものなのだろう。可愛がっていただいております。

殿下の『可愛がり方』というのは、小さい子を猫かわいがりするのではなくて、普通に『出来たら褒めて、いけない事は叱る』という愛情のかけ方だ。しかも叱り方が理路整然と淡々としていて、異常なくらい心にクる。これ、フッツーの子供だと、立ち直れねえヤツじゃね？　まあ、『フツーの子供』じゃないから、何が悪かったのか分かり易くて助かるけども。

そして主に叱られているのは私ではなく、殿下の妹君リナリア王女殿下だ。横で聞いているだけの私ですら「痛い、痛い、痛ァい‼」と思ってしまう説教に、リナリア様は大きな目に涙を溜めて泣き出すのを堪えながら頑張っておられる。殿下が去られた後、リナリア様と二人で「今日のお説教も、サックリと痛かったですね……」と慰め合うまでがワンセットだ。

あれを食らうのは勘弁願いたいので、自然と「私もちゃんとしよう……！」と思える。そうして一つ一つ課題をクリアしていくと、殿下はきちんと見ていてくれて、「よく頑張ったね」と笑顔で褒めてくださる。『王族』という存在に必要とされるものを修める度に、殿下がとても嬉しそうに笑いながら褒めてくださるので、きちんと『婚約者として』大切にしてくれているのが分かる。なので私もそれに応えたいと頑張っている。

そして殿下と婚約が成立した一年後の六歳から王太子妃教育なるものが始まったが、これがまた意外と楽しい。

小説なんかだといかにも血へド吐いてそうだったのだが、基礎的な勉強やら、周辺諸国の歴史やらが全スルーされてしまった。

歴史やりたかったなぁ!!

そうボヤいたら、殿下に「いや、もう充分だよ……」と遠い目で微笑まれた。どうも初対面の際の私の読書内容にドン引いたらしい。失礼な。

現在は周辺国の言語や、基本的なマナーなどを叩きこまれております。怒っていても笑顔を崩さないマナー教師のハミル夫人がとある芸人の『笑いながら怒る人』というネタにそっくりで、毎度説教される度に噴き出すのを堪えるのに必死である。

そして他には、経済や法律なんかの授業もある。これはこれで、また楽しい!

基本的に、知らなかった事を知るのは楽しいのだ。

ヤバい。私、お妃様向いてるのかも。

……嘘です。調子乗りました。

「今日は何の授業だったの？」

王宮の奥まった場所にある庭園で、テーブルを挟んで向かいに座った殿下が仰った。

「今日は経済です」

十二歳になられた殿下は、相変わらずの美少年街道ど真ん中まっしぐらだ。

まだ少年の風情なのだが、これがあと数年の輝きかと思うと、写真という技術がないのが悔やまれる。いや、殿下なら青年となられても美しかろうが。

王宮で講義を受けた後、時間が合うようならこうして殿下とお茶をするのが恒例だ。

お茶も美味いし、お菓子も美味い。目の前には超美形。

天国って、こういう事かも。

極楽極楽……とお茶を頂いていると、殿下が軽く首を傾げられた。

「勉強は大変じゃない？」

「いいえー。楽しいですよ」

まだ楽しむだけの余裕はある。

それに、流石に未来の妃に対する教育だけあり、講師陣が超一流！　有名予備校の謳《うた》い文句のようだが、そうとしか言いようがない。

何といっても、講師全員の名前を、何らかで目にした・耳にした事があるのだ。素晴らしい事である。

「授業を受けさせていただいている私が『大変』なんて言ってられません。殿下の方が余程お忙しいのですし」

「エリィ」

私の言葉を聞き咎め、殿下がにっこりと微笑まれる。

にこにこにこ……。

無言のプレッシャーが凄い。

さてここで問題です。先ほどの台詞の、どの部分を咎められているのでしょうか？（配点：5点）

正解は――

「……レオン様」

「うん」

はい正解、と言いたげに、それまでと温度の違う笑顔で微笑む殿下。

二人で居る時くらいは、『殿下』ではなく、名前で呼んで欲しい。

そう言われて早一年。

呼び名とか、どうでも良くね!?　でもそんな事殿下に言ったら、何されるか分からない！

去年の誕生日のプレゼントに、殿下から「ひと月早いけれど」とミスラス共和国へ連れて行ってもらった。ディマイン帝国の遺跡のある国だ。

殿下はご公務だったのだが、それにご一緒させていただいたのだ。歴史を教えてくれる筈だったナサニエル師も同行してくれた。

殿下は公務で忙しかったようだが、私は御師様と二人（勿論護衛もついている）で遺跡でキャッキャしてきたのだ。

アガシア大河文明を専門に研究している御師様の解説付きだ！

本職の学者先生と一緒に、胡散臭いお土産屋でおおはしゃぎである。何に使うか分かんない遺物のレプリカを買っちゃったぜ！　御師様にも「用途が全く分からなくて、邪魔くさくて最高だね！」と褒めていただいたぜ‼

そして浮かれ過ぎ、はしゃぎ過ぎて、熱を出してしまった。

子供か！　……子供だった‼

熱を出して滞在先の高級ホテルで寝込んでいたら、夜中に殿下がやってきて、熱が下がるまで心配だから……とか何とか言い出し、なんと添い寝をされてしまった。

男女七歳にして同席せず……って、この世界じゃ言わないのかな？　七歳と十一歳くらいなら、アリなのかな？　熱あるせいで分かんないな。多分、熱なくても分かんないな。

翌朝、殿下と二人揃って、侍従長にガッツリ説教を食らった。

いや、こっち病み上がりなんすけど～……とも言えず、仕方なく食らっておいた。

しかもこの世界では『六つの床離れ』と言って、子供が六歳になったら親や異性の子とは同衾《どうきん》しないのが普通らしかった。どちゃくそアウトですやんか、殿下ぁ！

どうやら殿下は、自分が連れてきたのに、御師様と二人でキャッキャしている私が面白くなかったらしい。

それはそうだ。素直にスマヌ。

そのツケが侍従長からの一時間を超える説教……。

確信犯の殿下は、その説教を右から左へと華麗に聞き流しておられた……。

何てことしてくれやがるんですかね……。

そんな訳で、殿下のご機嫌を損ねるのは、微妙に割が合わないと学習済みである。名前呼ぶくらい、タダだしね！


今日のお茶会の舞台は、殿下の私室近くの庭園だ。ここは三方を建物に囲まれ、もう一方は林へと続いている。

周囲をちらっと見まわす。

既に慣れたものなのだろう。護衛のお兄さんの一人と目が合ってしまい、軽くにやっと笑われる。

ヒュ～♪　お兄さん、ニヒル～。

「満足かな？」

からかうような殿下の声に、私は笑うと頷いた。

「今日も完璧ですね！　素晴らしいです」

言うと、今日は二人居る護衛のお兄さんたちが、それぞれ笑いを堪えるように口元に拳を当てた。

お兄さんたちの配置には、今日も無駄がない。そして死角がない。最小の人数で、最大の効率。素晴らしい配置である。

初対面の時に私が周囲を見ていたのを、殿下は不思議に思っていたらしい。

後に「あれは何を見ていたのか」と問われたので、護衛騎士の視線を見ていた、と素直に答えた。まあ、スナイパー云々の話はしなかったが。

護衛の視野に死角がないように配置されていて、素晴らしいと感心しておりました。

そう答えた時の殿下は、それまで見た事がないくらいにぽかんとされていた。まあそれでも美形だったけどね～。

殿下はぽかんとしていた表情を直すと、場所によって護衛を配置する位置は決まっているのだと教えてくれた。

あの大庭園で、私たちがお茶をした場所に卓を設ける場合は、あのような配置になるらしい。

見下ろし型のシューターのような目線で配置を決めている人がいるらしい。会ってみたい！

ゲーム脳がうずく！

言ってみたら、城の警備に関しては機密になるから、私の教育がもっと進んでからになる、とのお答えだった。

機密かぁ……。そらそうねー……。知っちゃったら逃げられない感じよねー……。まあ、もう充分に逃げられないところまで来てるけどねー。

私はこの道を進むと決めたんだ。進んでみよう。隣を殿下が一緒に歩いてくださっているんだし。

心強し。

「来月のお茶会の準備は、順調かな？」

尋ねられ、私は頷いた。

「現状、特に問題はありません。招待状も配り終えましたし」

そう、来月。王宮の例の大庭園にて、王妃陛下主催のお茶会が催される。

ご招待されるのは御貴族マダムたちと、そのご息女たち。

その『ちびっ子会場』の方の仕切りを、私がしなければならないのだ。

まずは招待する家を決め、招待状を出し、派閥やらを考えて席次を決め……。

結婚式の準備かよ！　あっちは人生一回きり（とも限らん）だけども、こっちは最低でも季節ごとにあるぜよ！　めっちゃ気力と体力使うわ！

しかしある程度以上は出来なければ、私の恥。ひいては、公爵家の恥。そしてさらには、それを婚約者に据えている王家の恥だ。

連帯されているものが重すぎる……。

「無事に終えられたら、カサード通りの白樺亭へ行こうか」

殿下の言葉に、ぱっと笑顔になってしまう。

カサード通りとは、王都にある幾つかの大通りの一つである。特に古くからの由緒あるお店の多い通りだ。

白樺亭はそこに店を構える喫茶店だ。

メニューはとても少なく、オリジナルブレンドの紅茶とコーヒー、そしてフルーツケーキのみである。

けれど、落ち着いた内装も素敵だし、アンティークの茶器も素敵だし、ケーキは美味しい。

私の大好きなお店だ。

「本当ですか⁉　約束ですよ⁉」

「ああ。私も楽しみにしているから、是非、上手く終えてくれ」

貴族とはいえ、子供が一人では入り辛い、とても静かな喫茶店である。私が気後れしてしまう事を知っているので、時折こうして殿下が誘ってくださるのだ。

お洒落な若者が集うハーヴィー通りなどには、全く用がない。パンケーキも美味しいものだが、白樺亭のフルーツケーキが至高すぎるのだ。

現金ではあるが、ちょっとやる気が出た。私、殿下の事好きかもしんない（現金）。いや、好きだけどね！　マジで、マジで。

よーし、エリちゃん頑張っちゃうぞー！

✤ ✤ ✤

……頑張っちゃうぞと言ったな。あれは嘘だ。

そう言いたくなるのも許してほしい。

めっちゃ良い天気で、今日も大庭園は隅々まで手入れされていて美しい。お茶会の為にセットされたテーブルの真っ白なクロスが、大庭園の緑によく映えている。

その会場で。

金髪縦ロールのご令嬢と、ふんわり栗毛のお嬢さんとが。

何故か取っ組み合いの喧嘩をいたしておりまする……。

うふふ……。いいお天気ねぇ～……。

事の起こりは十分前。

縦ロール様が同じテーブルの栗毛様に絡み始めたのだ。それもどうやら、私の事で。

縦ロールのご令嬢は、アリスト公爵家のフローレンス様。筆頭公爵家のご令嬢だ。

非常に歴史が古く、王族とも所縁《ゆかり》のあるお家柄である。まあ、公爵家は全部、そもそも王家の分家であるのだが。

このフローレンス様、何故かご自身が王太子殿下とご結婚するのだと、信じて疑っておられなかったらしい。そこに三年前、寝耳に水の『王太子殿下ご婚約』のニュース！　相手はというと、会った事もない年下のちびっ子！

言わせてもらえば、こちらとしても寝耳に水ぶっこまれたのだが。耳、キーンてなったが。

三年経ってもまだ納得できず、今でも周囲にぶつぶつ文句を言い散らしているらしい。

そのバイタリティ、もっと前向きに活かせよ。

そしてやはりここでも、私の一挙手一投足に姑よろしく文句を付けていたようだ。

本物のお姑さん（王妃陛下）は、「エリィちゃんガンバってね～」とからかうように呑気に笑っておられたが。……陛下、私が緊張でガッチガチだから、「気楽にいきましょ」って言ってくれてるんだろうな。普段『エリィちゃん』なんて呼ばれないもんな……。

とにかく、その本物のお姑さんと大違いのグチグチとした文句と、「皆様そう思われません⁉」という無茶な同調に、同じテーブルの栗毛様がブチ切れた。

ふんわりとした綺麗な栗色の髪の愛らしい顔立ちのご令嬢は、伯爵家の方だ。家格としてはこのお茶会に参加できるギリギリである。

筆頭公爵家のご令嬢と同じテーブルにしたのは、王妃陛下の猛烈なプッシュがあっての事だった。

……陛下、これを狙っておられましたね……？　あの王太子《息子》にして、この王妃《親》あり……。

この栗毛様、ふんわりお可愛らしいお顔立ちに反して、とても芯のしっかりした、気のお強い方であった。

周囲に同意を求めるフローレンス様に対して、「少なくともエリザベス様は陰口のようなものは仰せになられませんけれどね」と鼻で笑ったのだ！

煽ってどーする⁉　もーちょっと穏便に行きましょうや！

そして縦ロール様、煽り耐性ゼロのお方であられた……。

そこからはもう――

「（キーッ！）今、何と仰いまして？」

「ご自身のお立場を、一度よぉく見直してみられたらよろしいのでは、と申し上げただけですわ（プフー）」

「わたくしは公爵家の人間ですよ！」

「存じ上げております。それを笠に、周囲に同意を求めるというのは、少々見苦しいかと」

「な……、あ、何ですってぇ！（ムキャー！）」
※（）内はイメージです。
はい。

そして現在に至ります。

これはもうアレですね。素晴らしい護衛のお兄さんたちの出番ですね。

一番近場の護衛のお兄さんをちらりと見ると、了承したようにさっと動き出した。

「くれぐれも丁重にお願いします。お怪我などをさせないように」

「畏まりました」

お兄さんが二人、その場に向かい、ご令嬢を引き剥がした。

王妃様もおいでになると、「あらあら」とでも言いたげに苦笑した。

「お嬢様方、少しばかり頭を冷やしていらっしゃい」

二人に向けてそう仰ると、周囲の侍女たちに目配せをした。

それを合図に、侍女たちが一斉に動き出した。

結果、二人はどこかへ連行され、そのテーブルの残った二人は他のテーブルへ移動していただいた。

何故……、初回にトラブルが……。

ああ、良いお天気……。空が、青い、わぁ…………。


どうにかこうにかお茶会を終え、お客様方のお見送りも終え、現在は王妃陛下と共に例の二人を突っ込んだ部屋へと向かっております。

数ある応接室の一つへ行くと、向かい合うソファの端と端に、それぞれそっぽを向いてご令嬢が座っておられました。

君ら、めっちゃ分かり易いな！

その隣には、互いに困った顔のお母様方。

王妃陛下に気付き、母親たちと栗毛様はさっと立ち上がり、礼を取る。フローレンス《縦ロール》様は一拍遅れていた。

縦ロール様、そういうとこやぞ（多分）。

陛下は席へ着くと、「頭を上げなさい」と静かに声をかけた。

私の席は陛下のお隣だ。隣から静かに怒っている気配がビシビシしてて、実はここへ来る途中からちょっとおなか痛い。

殿下もそうなのだが、国王・王妃両陛下も、怒ると冷え冷えと笑う方だ。何それ、遺伝？　遺伝なの？　怖いんで、勘弁してもらっていいですかね？

余談だが、更に怒りが頂点を突破すると、いっそ穏やかな笑顔になる。怖いどころの騒ぎじゃねえ。

全員が着席するのを待ち、陛下は一同をぐるっと見回された。

困り顔の母親二人。しゅんとしょげている栗毛様。俯いて唇を噛んでいる縦ロール様。

縦ロール様の表情は、反省しているのかちょっと怪しい。

そういうとこやぞ（二回目）！

「アリスト公爵夫人」

陛下に呼びかけられ、公爵夫人が「はい」とか細く返事をした。

「ご息女のお歳は、お幾つだったかしら？」

「……十一、でございますわ、陛下」

ものすごくバツが悪そうに返す公爵夫人。それに対する王妃様の、まあなんと笑顔な事か。

「ああ、そうだったわね」

ふっと笑いつつそれだけ言って、王妃陛下はお口を閉ざす。扇で口元を隠されているが、その口角が片方だけ上がっている。

いやぁ～ん！　含み！　含みが怖いのよぉ～！

筆頭公爵家の令嬢が、十一歳にもなって、この体たらく？　みたいな？

初夏なのに。今日は快晴で、日向は暑いくらいなのに。室内の空気が冷え冷えしてるのよ……。

陛下、物理的に冷気発してます？

「ウェイムス伯爵夫人」

はい、と返事をしてすっと頭を下げた夫人に、陛下はさっと手を振って直るように促す。

「貴女のご息女は、正義感の強い子のようですね」

「左様でございますね……」

恐らく伯爵夫人は、それを分かっていて、普段は諌めているのだろう。

えらく困ったように眉を寄せ、溜息をついている。

「それを悪いと言う訳ではないわ。ただ、お嬢さん……、お名前は？」

話を振られ、栗毛様は陛下にすっと頭を下げた。

「スサンナと申します、陛下」

「そう。直って頂戴。……スサンナ、貴女はまっすぐぶつかる以外の方法を覚えなさい。壁がある度に正面からぶつかっていたのでは、貴女が傷だらけになってしまうわ」

それに……と軽く言葉を切ると、陛下はこちらを見て悪戯っぽく笑った。

「あなた方より体の小さなエリィが、止められなくて困ってしまっていたわ」

そうなのですよ〜。

ワタシ、八歳。あちらのご令嬢、縦ロール様は十一歳、栗毛様は十歳。これくらいの子供って、一年の差が大きいのよね〜。

でもまあ、流石にキャットファイトに割り込むのは、ご勘弁願いたいわ〜。流れ弾を食らう予感しかない。

どうも運動神経が悪いというか、絶妙な鈍臭さがある。一度、騎士たちの鍛錬を見学へ行った際には、事前に殿下から「絶対に『やってみたい』なんて言わないようにね？」と笑顔でプレッシャーをかけられていた。いつもの護衛騎士のお兄さんたちも、殿下の言葉にめっちゃ頷いていた。

……ちょっぴり傷付いたのは内緒だ。

しかも私が変に割って入ってしまって、私が傷を負ったりしたら大変な事になる。

これでも一応、『王太子殿下の婚約者』だ。現在の私の扱いは準王族。筆頭公爵家のご令嬢といえど、それに傷を付けたら責任問題になる。

「エリィ、貴女から何か言う事はある？」

陛下に水を向けられ、私は少し考えた後で「特にはございません」と答えた。

だってねえ？

縦ロール様は私が気に食わないみたいだけども、私は彼女から面と向かっては何も言われていないし、されてもいない。今日の乱闘を見ても、縦ロール様はどうも人望が薄い。そんな子に陰口を叩かれても、大して痛くない。

……まあ、縦ロール様が反省してないくさいのだけは気になるが。その辺りは、アリスト公爵家でどうにかしてくれるだろう。私が言ったところでカドが立つだけだ。

「では、スサンナ、貴女から言う事は？」

王妃陛下に問われ、栗毛様はまた深く頭を下げた。

「お騒がせいたしました事、心よりお詫び申し上げます。陛下、エリザベス様、お手を煩わせまして、申し訳ございません」

ふむ。しっかりした謝罪ですな。

「以後、気を付けなさい」

陛下の言葉に「御意」と答え、栗毛様は頭を上げた。けれど視線は伏せたままだ。

反省しているのが伝わってきますな。10ポイント贈呈。

「では、アリスト公爵令嬢、貴女は？」

はい、陛下、縦ロール様を名前で呼ぶ事もしませんね～。怖いですねぇ。

つまりは縦ロール様は、『現状、名前を覚える程の価値もない』と評価されているのだ。公爵夫人は当然、そんな事には気付いている。お顔の色が悪い。気の毒に。

ただ、縦ロール様本人はどうも、気付いてすらいないようだ。……大丈夫？　この子。

「……たいへん、申し訳、ございませんでした……」

口を開くまでもたっぷり間があり、更には顔にデカデカと『不本意です』と書いてあり、謝罪の言葉は噛み締めるように切れ切れだ。

ご令嬢の得意技『腹芸』はどーした⁉　それ以前に、王妃陛下だぞ⁉

そ　う　い　う　と　こ　や　ぞ　‼（三回目）

お隣の公爵夫人は、もう真っ青である。不憫すぎる。

王妃陛下は呆れたようにふっと息をつかれると、ソファからすっと立ち上がった。ノーモーションで綺麗に立ち上がるのって、すんごい大変なんだよね！　流石は王妃陛下、めっちゃ優雅になさったけども！

「アリスト公爵令嬢、貴女はこれから一年間、王宮への出入りを禁じます。もう一度、マナーだけでなく、様々な事柄を学び直しなさい」

「御意にございます」

即座に返事をしたのは、公爵夫人。縦ロール様は俯いて唇を噛み、ドレスをぎゅっと握っている。

いやさぁ……、返事くらいしようぜ？

陛下が席を立たれたので、私も立ち上がる。そのまま退室なさる陛下について、私もそそくさと部屋を出た。

廊下の空気が美味しい‼　息詰まる説教部屋からの脱出‼

ふー……と、気付かれないように溜息をついたのだが、しっかり気付かれてしまったようだ。

陛下がこちらを見下ろして、口元に扇を当ててくすくすと笑ってらした。

「エリィ、今日はお疲れさまでした」

「はい」

すっと膝を落として礼を取ると、陛下がまたくすくすと笑われる。

「楽にして頂戴。反省会は、明日やりましょう。……貴女を労《ねぎら》おうと、待ち伏せしてる子がいるわ」

ほへ？　と顔を上げ、陛下の視線の先を辿ると、廊下の先にレオナルド殿下が立っておられた。

「陛下、エリィをお借りしてもよろしいですか？」

殿下はこちらへ歩いてくると、王妃陛下に尋ねた。それに陛下は笑いつつ頷いた。

「ええ、どうぞ。よく頑張りましたと、褒めておあげなさいね」

「当然です。……おいで、エリィ。疲れただろう？　お菓子を用意してあるんだ」

お菓子……！

なにやら呆《ほう》けた顔になっていたのだろう。陛下が楽しそうに笑っておられる。

「ではね、エリィ。また明日」

「はい、王妃陛下。御前、失礼いたします」

礼を取る私の横で、殿下も陛下に頭を下げている。

親子といえど、基本的に私室など以外では王と臣だ。王女であるリナリア様は多少砕けているが、レオナルド殿下は徹底している。彼が両陛下を父や母と呼ぶのを、数えるほどしか聞いた事がない。

陛下が侍女を伴い去って行くと、私と殿下は同時に身体を起こした。

「さ、行こうか。エリィの好きな、エルダーフラワーのコーディアルも用意してあるよ」

にこにこと笑う殿下に手を引かれ、陛下の去った方とは逆の方へと歩き出すのだった。


今日もお茶の用意がされているのは、殿下の私室近くの庭だ。

私には紅茶ではなく、エルダーフラワーで作られたコーディアルというジュースのような物が用意されている。グラスには、貴重な氷まで浮かんでいる。

「冷えっ冷えですね！」

嬉しくて、笑いつつ殿下を見ると、殿下も楽しそうに小さく笑った。

「そうだね。エリィが疲れているかと思って、冷たい物を用意させたんだ」

「ありがとうございます！　嬉しいです！」

ぬるい飲み物も嫌いじゃないんだけどね。

疲れた時に、キーンと冷たい飲み物って、ちょっと嬉しいよね。

いただきますと言ってごくごくとコーディアルを飲み、プハっと小さく息をついた。

生き返るわぁ～。殿下の気のきき方、すんばらしいわぁ～！

「美味しい？」

「はい！　生き返ります！」

グラスを置いて素直な感想を述べたのだが、護衛騎士のお兄さんたちの肩がぷるぷるしている。

何笑ってんだ、ゴルァ！

「今日は大変だったみたいだね」

どれくらい詳細をご存じかは分からないが、殿下にも報告はいったのだろう。

「そうですね。……もう少しうまく捌けるようにならないといけませんね」

「まだ時間はある。エリィならきっと大丈夫だよ」

「ご期待に沿えるよう、鋭意努力して参る所存でございまする」

深々と頭を下げると、殿下が呆れたように笑った。

「エリィは頑張ってるよ」

「ありがとうございます」

礼を言うと、殿下は少しだけ困ったように微笑んだ。

いやぁ～、分かるけどね。殿下が心からそう仰ってくれてるんだろうな、って事は。でもまだ、努力の余地があると、自分では思うからね。


その後は、美味しいコーディアルとお菓子を頂いて、殿下に今日の事を沢山褒めていただいた。

そして後日、城下の喫茶店へ一緒に行く約束をしてもらった。

相当疲れていたらしく、お茶を頂いている途中で眠ってしまったらしい。

気付いたら、マクナガン公爵邸の自室のベッドの中だった。

✤ ✤ ✤

婚約者《エリィ》が可愛い。


エリィは今、彼女の大好きな喫茶店のケーキを食べて、キラキラした笑顔を浮かべている。

どうにも彼女の好みは渋めで、今居る喫茶店も八歳の女の子が喜ぶような店ではない。とてもシックな内装は洒落ているが、この年頃の子供が好みそうな『可愛らしさ』などは皆無だ。

けれど彼女は、この店の磨き抜かれた重厚なカウンタテーブルに目を輝かせ、出てきたカップの美しさに感動し、ブランデーの効いたドライフルーツのケーキに舌鼓を打っている。

このお店の全てが素敵なんです！　と力説された。

頬を紅潮させ、少し興奮気味に語るエリィが可愛かった。

私とエリィが訪れるようになって以来、店の雰囲気にとてもそぐわない踏み台が用意されるようになった。いかにも日曜大工でこしらえたような、手作り感満載の踏み台だ。

背の高いカウンタ席に、エリィが一人で座るのが難しかったからである。

「どうぞ、リトルレディ」と店主に踏み台を用意してもらい、エリィは初めえらく恐縮していた。

お店の雰囲気を壊して申し訳ない、と。

恐縮してペコペコ頭を下げるエリィも可愛い。

店主もそんなエリィを微笑まし気に見ていた。そうだろう。可愛かろう。


先日、エリィは教育の一環として、初めてお茶会の主催を任された。

とはいえ、大きな枠としては『王妃主催の宮廷茶会』だ。招く客は王室典範によってあらかた決まっている。

そこから更に厳選し、招待状の文面を考案し、席次を決め、当日の滞りない進行を行う。『たかが茶会』ではない。歴とした政治の場だ。

私と同世代の貴族の子らは、人数が多い。国王（当時は王太子）の成婚に合わせた結婚ラッシュがあり、妃の懐妊に合わせたベビーブームがあったからだ。私と同世代の子であれば、男子なら側近として、女子ならば妃として、生家ともども重用される可能性があるからだ。

エリィは四つ年下なので、そのブームからは外れているが。

私より一つか二つ年下に、非常に人数の多い世代があるのだ。人材が豊富なのは良い事なのだが、要らん欲を持つ者も多い。

その『要らん欲を持つ』者が、エリィの初めての茶会でやらかした。

報告を受け、呆れてぽかんとしてしまった。

どうもエリィの周囲は予想外の事が多すぎて、表情が取り繕えない事がままある。私が表情を取り繕えないような事があると、エリィの笑みや目線が生温《なまぬる》くなる（孫を見るような、あの目だ）ので嫌なのだが……。

流石に、少し呆けてしまったのは許してほしい。

よもや誰が思うだろう。筆頭公爵家の長女ともあろう令嬢が、茶会の会場で他家の令嬢と『掴み合いの喧嘩』をするなど……。

令嬢は令嬢らしく、言葉で優雅に応酬してくれないだろうか。

騎士見習の小競り合いなら、手が出るのも珍しくはないが。

喧嘩している令嬢を、エリィは何とも言えない目で見ていたらしい。

王妃陛下が楽し気に笑いながら教えてくれた。「あの二人を見るエリィの目は、わたくしのお祖母様がお庭を眺める目にそっくりだったわねぇ」と。

……だから何故、祖母の目線になるのだ、エリィよ。

母から見てもエリィは、祖母のように見えるのか。しかも『孫』を見ているのではなく、『庭』を見ている目なのか。……状況的に、心情は分からなくもないが。

やらかした片方、筆頭公爵家のご令嬢は、不本意ながら私もよく知っている人物だ。王宮内でやたらと『偶然』出会うからである。

「レオナルド殿下、ごきげんよう」と、茶で口を漱《すす》ぎたくなるくらいに甘ったるい声をかけてくる。

私は甘い物は得意ではないのだ。

言葉の端々に高慢さが見え隠れする、鼻持ちならないご令嬢だ。

エリィに対する不満を持っていたようだが、彼女が匂わすそれらがことごとく的外れで、小物臭さが否めないご令嬢である。

一度、騎士の修練場から城へ戻る途上で出くわした事がある。

急な突風が吹いたのだが、彼女の巻かれた髪に何の乱れもなく驚いた。あれはもしや髪ではなく、金属か何かで出来た装飾品なのかもしれないと思ったものだ。

『何の根拠もなく、己の方が王太子妃に相応しいと思い込む愚物』

私の彼女への評価はそれだけである。

一応、それを彼女に思い込ませた大人も、きちんと調べはついている。その人物にはいずれ、静かに王宮からフェードアウトしていただく予定だ。

……いや『それだけの評価』と言ったが、彼女の髪は気になる事を一応付け加えておこう。

エリィもやたらと彼女の髪を褒めていた。曰く、掴み合いの喧嘩をしても、一筋の乱れもないマーベラスな髪であった、と。

あれ、どうやって作るんですかね⁉　と、えらく興味津々でもあった。……頼むから、エリィはあの髪型を真似ないで欲しい。お願いだから、侍女を掴まえて相談するのもやめて欲しい。侍女も乗り気になって整髪用の器具類を調べないで欲しい。隠密行動専門部隊の長も、「公爵邸のご令嬢の部屋に調べに参りますか？」など訊かないでほしい。お前の仕事はそうではない筈だ。あと、堂々と出てくるな。

……権力の使い方、間違えているよ、エリィ……。


エリィという婚約者が出来た事で、『王妃』という座に色気を出していた連中が順調に炙り出されてきている。王妃の背後に立てたなら、王をも己の好きに操れるのでは……などと考える愚物が。

エリィを囮に使うような形になってしまっているが、エリィはそんな事は重々承知だ。

「私でエサになるのでしたら、どうぞいくらでも」と笑っていた。ついでに「エサにされているのですから、それで何が釣れたのかを時々教えていただけませんか？　ちょっと気になるので」とも言われている。

エリィには、話せる範囲の穏やかなエピソードだけを話している。この辺に深く首を突っ込もうとしない辺りが、流石と言うところだろう。

恋に恋する少女ならばまだいい。ただ、先日のアリスト公爵令嬢のように、周囲の大人によって余計な事を吹き込まれているような手合いは、速やかに対処していかねば面倒になる。

エリィのおかげで、そういった連中を排する口実が出来て、非常に有難い。

ただ、エリィの身に危険があってはならないので、その辺りは護衛の連中にきっちりと叩き込んである。

有象無象の貴族令嬢と違い、エリィには代わりは居ないのだ。

政争ですらない下らんいざこざで、エリィに傷をつける訳にはいかない。

もしそんな事になってもエリィは気にしないかもしれないが、恐らく私は一生引きずる事になるだろう。

なのでエリィには「君の為ではなく、私の為に、警護を厚くさせてくれ」と言ってある。自分自身を疎かにしがちなエリィには、この言い方は効いたようだ。

エリィには「その言い方はズルいです」と膨れられたが、本心でしかないからね。

狡くもなんともないよ。


今私の目の前でエリィはとても楽しそうに、喫茶店の店主とカップについて語り合っている。

店主がカウンタに出してくれたアンティークのカップに、エリィは手を触れないように気を付けながらも見入っている。

店主はにこにこと微笑みながら、お手を触れても大丈夫ですよ、などと言ってくれているが。

やめておけ、店主。エリィは何をするか分からないぞ。

ティーカップ談義、カトラリー談義を心ゆくまで堪能したエリィは、無謀にも踏み台を使用せずに椅子から降りた。

案の定、降りた瞬間にこける。

私がそれを支えると、エリィは少し恥ずかしそうに、そして少しだけ不満そうに「ありがとうございます」と礼を言う。

今日も私の婚約者が可愛い。

第4話　絶対に笑ってはいけない護衛騎士

王太子レオナルド殿下の護衛騎士に任命され、もう四年が経過した。

あどけない子供の風情であった殿下も、今では十四歳。あどけなさはすっかり消え去り、代わりに怜悧な印象を纏われるようになられている。

痩身・優美な印象の殿下であるが、実は滅法剣の腕が立つ。とはいえ、護衛を置かない訳にはいかない。

私は殿下直々に護衛に任命され、現在では殿下付きの筆頭騎士である。異例な事であるので、任命に際しては少し揉めたらしい。

が、殿下がそれらを全て黙らせてくださった。

何が『異例』であったかというと、殿下と私の年齢が多少離れている事がだ。通例では、歳の近い者の中から、『筆頭』という者は選ばれる。

歳が近い方が、苦楽を共にし分かち合い、絆も育まれ易いだろう……という事らしい。そうとも限らんと思うが。歳が近い分、逆に嫉妬や何やがあったりしないだろうか？　王族といえど人間なのだし。私たちに至っては、それに比して卑小な者なのだし。

特にそういった『歳の近い者を……』という決まりがある訳ではない。単なる慣例だ。だが、文句をつける者はあったらしい。恐らくそれらは、『王太子付き専属護衛騎士』という立場に色気を出す者たちであったのだろう。反対する者本人が、ではなく、その縁者（息子なり、甥なり）を護衛に……という事だろうが。

だが、甘く見ないでほしい。

権力に阿《おもね》ろうとしてなれる程、『護衛騎士』という職は易くない。

私たちにとて、私たちなりの矜持と自尊心はある。

権力に集《たか》りたいだけのような連中に、それを理解しろとは言わんが。

ただ、殿下はその辺りも理解されていて、殿下からしたら下らぬであろう我らのちっぽけな矜持を守るよう動いてくださる。

そういう時は、つくづく主に恵まれたと思うのだ。

「殿下、失礼いたします。少々、お時間よろしいでしょうか？」

尋ねてきた侍女に、殿下は「何だ？」と短くお尋ねになられた。殿下は無駄を嫌うのだ。おかげで職場の風通しが良く、居心地が良い。

「エリザベス様が、殿下への面会をご希望でございます。お時間いただけますでしょうか？」

「勿論だ。通せ」

「はい」

侍女は礼をすると、一旦下がった。

殿下がご婚約者のエリザベス様を邪険にする事はない。もしも時間がなかったとしても、エリザベス様が面会を求めるなら、無理をしてでも時間を作り出すだろう。

大切にしておられる事は、殿下の周囲の者は皆分かっている。

政略で決まったご婚約者様だが、今では殿下はエリザベス様を心から大切にしておられるようだ。

政略があるのだから、大切にして当然だろうという意見もあろう。

だがそういう事ではない。

初めこそ、互いに探り探りであった殿下とエリザベス様の交流も、時を経て、大小様々な事柄を経て、互いにしっかりと想い合うものに変わっているように見える。……いや、正直、エリザベス様の方はよく分からないが。

少なくとも、殿下はエリザベス様を『ただ一人の女性』として大切に扱われている。

殿下は優秀な人物を多く輩出するベルクレイン王家においても、少々異質なくらいに聡明だ。ご自身の感情と行動を、完全に切り離す事が出来るのだ。

以前一度だけ、殿下の御前で騎士同士の小競り合いがあった。鍛錬中の騎士同士の下らぬ喧嘩だ。違う相手と打ち合いをしていた二人が、あちらがわざと背を押してきただの、わざと肘を入れてきただの言い合い、互いに手が出そうになっていた。流石に組み合いの喧嘩となると面倒なので、それを周囲の騎士たちで押さえて止めていた。その光景を、騎士団長に用があり修練場にやってきていた殿下がご覧になっていたのだ。

かたや有力伯爵家の次男坊。かたや貧乏男爵家の三男坊という二人だ。

他の騎士たちに押さえられ、少々落ち着いた二人は、殿下の御前で騒ぎを起こしてしまった事をそれぞれ殿下に詫びた。伯爵次男は流麗な詩でも読み上げるかのような巧言令色《こうげんれいしょく》で。男爵三男はただ膝を折り、お騒がせいたしまして申し訳ありませんでした、と一言だけ。

後日その二人に沙汰があり、伯爵次男は三日間の謹慎、男爵三男は見習いへの降格処分となった。その沙汰を下したのが殿下だと聞き、とても驚いた。ついでに伯爵次男には、「軽佻浮薄《けいちょうふはく》と軽妙《けいみょう》洒脱《しゃだつ》の違いを覚えるべきだな」とのお言葉までついていた。

そう。伯爵次男は決して悪い男ではないのだ。ただ生来の気質か何なのか、言動が全てふわふわと軽いだけだ。家柄を笠に着るような事もしないので、友人も多い。逆に男爵三男は、一見すると慇懃に見えるのだが、腹の中では全てを見下しているようなところがある。そしてこの二人の小競り合いは大抵、男爵三男が伯爵次男に難癖をつけるところから始まるのだ。この時も実際そうだった。

そういった部分を殿下は、あの数分だけで見抜かれたのだろうか。

後日、殿下の護衛についた際、時間があったのでその件について殿下に尋ねてみた。すると殿下は事もなげに仰った。

「伯爵次男が私に『謝罪』という題の詩を吟じている間中、他の騎士たちがはらはらした心配げな顔で彼を見ていただろう。対して男爵三男の謝罪には、白けた空気が漂っていた。それでもあの二人を見目通りに判断しようなどとは、普通思わないだろう」

違うか？　と言われたが、私は返事に戸惑ってしまった。

何も違わないのだが、短時間でそこまで周囲を見て判断出来る者は、果たしてどれだけ居るだろうか。大人であっても一見した雰囲気に惑わされてもおかしくないというのに。殿下はそんなものは意にも介さず、二人を含め周囲全てを見ていたというのだ。当時、まだ一桁の年齢の子供が、だ。

『聡明』という一言で済ませて良いのだろうか、と愕然とした。

その聡明さ故に、こう言っては不敬に当たろうが、少々薄気味悪くも思っていた。

けれど、その聡明な殿下をもってしても全く読めないエリザベス様という異質な存在のおかげで、殿下に表情が増え、笑顔が増え、『完璧な王族』から『年より大人びた少年』へと印象が変わってきた。

いや、聡明である事は変わりないし、エリザベス様が絡まぬ普段の様子は以前通りなのだが。

けれど、殿下のお傍近くに侍る身としては、その変化は大歓迎だ。

エリザベス様の突拍子もない言動にぽかんとされている殿下を見ると、何だか少しだけ嬉しくなるのだ。

ややして、エリザベス様が侍女に伴われてやってきた。

儚げな印象を与える、とても見目麗しい姫君なのだが、彼女の魅力はおそらくそこではない。

「お時間いただきまして、ありがとうございます」

深々と礼をするエリザベス様に、殿下は執務用の椅子から立ち上がると歩み寄った。そして手を取り応接用のソファへと促すと、ご自身はその隣に着席された。

エリザベス様は、不自然さのない仕草で、さっと執務室を見回す。そして一拍置いて、うんうんと頷かれている。その仕草に、殿下が小さく笑みを零された。

同様に、私ともう一人居る護衛騎士も、笑いそうになってしまって瞳を伏せてしまう。

「合格かな？」

からかうように尋ねられた殿下に、エリザベス様は満面の笑みを浮かべられる。

「今日も今日とて、素晴らしい仕事でございます！」

「そうか……」

相槌をうつ殿下の肩が、小刻みに震えている。

対してエリザベス様は、満面の笑みである。


エリザベス様と殿下の初顔合わせの際、私もその場に居た。

殿下を含め、王族の方々の護衛騎士というのは、特別な条件をもって選ばれる。

我々『護衛』の一番の仕事は、護衛対象である王家の方々を『お護りする事』だ。

例えば賊が侵入などした場合、我らの仕事は賊の確保ではない。王家の方々の安全を確保する事なのだ。賊の確保などは、王宮の警備の騎士たちの仕事だ。

故に我らは、ただ剣の腕が立てば良いというものではない。いかに速やかに危険から彼らを引き離すか、どのように立ち回れば警護対象を安全に逃がせるか……などに重点を置いた訓練をする。

当然、ただの剣の腕も磨くし、体も鍛えておくが。

そういう仕事であるので、我々には決まった立ち位置がある。

特に王宮内では、『この場所の場合、護衛の人数と配置はこう』と完全に決められている。護衛対象を常に視界に捉え、且つ周囲に死角を作らない配置だ。

そして護衛騎士には、王家を守護する近衛騎士の中でも特に、見目の良い者を優先的に選択する。

我らは王族の方々のおそばに侍り、常に御身をお守りするのが第一義だ。故に、彼らが貴人と面談などをする際にも、その場に侍る事になる。そういった場合、余りに厳つい、強面の護衛を連れていると、『威圧された』と感じる者もある。それを考慮して、なるべく威圧感のない、見目の良い者を選ぶのだ。

私はそれなりに見目の良い方であると自覚している。護衛として立っているのに、ご令嬢に声をかけられる事もある。殿下が私を選んでくださったのは、この見た目もある。

殿下曰く「ご令嬢の鬱陶しい秋波《しゅうは》が分散されて有難い」との事である。……護衛というより、人身御供では？

殿下とエリザベス様の顔合わせの日、我々護衛はそれぞれの決められた配置についていた。

いつも通りだ。我らは殿下を視界の中心におさえ、同時にその周囲を警戒する。この場に居る護衛たちで、殿下の周囲の死角をなくす。

我らの目の届かぬ場所には、隠れて護衛が配置されている。

殿下が席につかれると、エリザベス様はまるで庭園全体を見るように、自然な仕草で周囲をぐるっとご覧になった。そして何かに納得したようにうんうんと頷いておられた。

庭園の美しさに納得されたのだろうか？　それとも、我らの見目が良い事に、優越感でも抱かれたのだろうか？

その後の会話に、その場に居た殿下を含む全員が度肝を抜かれる事になる。

学問の中でも時に軽視されがちな『歴史』という分野を、たった五歳でそこまで興味を持って取り組む事が出来るとは。それに『悠久なるアガシア』を読破したと！　あの鈍器はかつて私も家庭教師に勧められたが、噂に違《たが》わぬ鈍器っぷりで挫折したというのに！

そしてふと思った。

あれ程の見識のお方だ。会話の中で、エリザベス様が庭園の美しさにお心を揺らすような事はないと知れた。

……では、何をご覧になられていたのだろう？　そして、何に納得されていたのだろう？

殿下にそれを告げてみたところ、殿下も同じように感じられていたらしい。

後日、エリザベス嬢に尋ねてみよう。

殿下はそう仰った。

初顔合わせから数か月経った頃、殿下があの日の事をお尋ねになられた。その場に控えていた私は殿下に呼ばれ、殿下のお側に侍り会話に参加する事となった。

「初めて君と顔を合わせた時の事なのだが——」

何ですか？　と不思議そうに首を傾げたエリザベス様に、殿下も合わせるように軽く首を傾げられた。

「私が席に着いた後、周囲を見回していただろう？　今日もそうだ」

そう。

この日も、そしてそれ以前も、エリザベス様は殿下が席に着かれると、周囲を確認し納得したように頷かれるのだ。

「君は何を見ているんだい？」

「えー、と……」

気まずげに視線を斜め上へ向けたエリザベス様に、殿下が苦笑された。

「もう今更、何を言われても驚かない。……いや、驚きはするだろうが、君を責めたりはしない」

驚くよなぁ……。

殿下の言葉に、心の中で勝手に相槌を打ってしまう。

暫くの逡巡の後、エリザベス様はおずおずと口を開かれた。

「護衛の方々の……、配置を、みておりました……」

配置。

……は？　配置⁉

殿下も少しぽかんとしておられる。エリザベス様と出会って以来、殿下の表情が豊かになった。

……良い事なのだと思おう。

「立ち位置と、視野角。それらに死角も無駄もなく、最小の人数で最大の効率をあげており、素晴らしいものだな……と……」

こちらがぽかんとして言葉を失っているせいで、エリザベス様のお声がどんどんと小さくなる。

考えもしなかった答えだった。

庭園の美しさでも、殿下の美貌でも、我らのちょっと良い見目でもなく、配置！　そして今日も納得しておられたという事は、今日もそれらを確認していたという事だ。

……初めて見るタイプのご令嬢だ（良い意味で）。

それ以来殿下は、エリザベス様が納得したような仕草を見せる度に、「今日も合格かな？」などとからかうような口調でお尋ねになるようになった。

エリザベス様はそれに毎回、お可愛らしい笑顔で「素晴らしいです！」と頷いてくださるのだ。

これは手が抜けないな、などと、同僚たちと笑い合った。そもそも、手を抜くつもりなどは毛頭ないが。


今日も我らに『合格』をくださったエリザベス様は、後ろに控えていた侍女から小さな包みを受け取っている。

繊細なレース模様の施された紙が、小さな巾着のように絞られ、口にはリボンがかけられている。

殿下に何かプレゼントだろうか。

エリザベス様はそれを両手で恭《うやうや》しく持つと、殿下に差し出した。

「これは？」

不思議そうに尋ねた殿下に、エリザベス様は手の上の包みを見るように瞳を伏せた。

「私が作った、クッキーです」

「作った？　エリィが？」

「はい」

頷くと、エリザベス様はその可愛らしい包みをじっと見た。目が真剣過ぎて少し怖い。

「女の子というものは、とかくこういった『手作り』ですとか、『可愛らしいもの』だとかに憧れるものだと思うのです！」

「あ、う、うん……。そうだね……？」

殿下！　疑問形になってらっしゃいますよ！

「女子たる者！　一度は手作りお菓子にも挑戦せねばと、一念発起したのです！」

「あ、うん……？」

殿下！　相槌すら疑問形はいけません！

「そして出来上がりましたのが、こちらのクッキー（仮）です！」

「いや、ちょっと待とうか。『（仮）』は何かな？」

殿下の突っ込みも慣れたものだ。

エリザベス様も当然、殿下に突っ込まれるのに慣れておられる。

「どう考えても、『クッキーのような名状し難いナニか』としか言いようがありませんので……」

クッキーのような名状し難いナニか……。

どうしよう。物凄く興味ある。興味しかない。殿下は少し遠い目をしておられるが、私個人としては興味しかない。

「我が家にお菓子作りの大変得意なメイドがおりまして、彼女に教えてもらいながら作ってみたのですが。どうしてこうなってしまったのかが、全く分からないのです」

真剣な表情で訴えているが、我々の腹筋を狙い撃つのはやめていただきたい。

エリザベス様には絶対にお伝え出来ないが、実はこの王太子付き護衛という任は、ここ数年ですっかり『腹筋強化部隊』と呼ばれるようになっている。

理由は、エリザベス様の言動がとにかく可笑しいからだ。

絶対に笑わせにきているだろうと言いたくなるくらい、色々と斜め上なのだ。

しかし護衛騎士たる者、主人の前でその言動を笑う事など出来ない。なので常に我々は、エリザベス様に腹筋を試される事になるのだ。

「手順も材料も合っているのです。料理は化学なので、それらを間違えなければ、結果は自ずと付いてくる筈なのです」

「そうだね」

殿下の返事が少し雑だ。

エリザベス様はお手に持たれていた可愛らしい包みのリボンを解いた。

中には、綺麗な丸い形のクッキーが入っている。ここから見る限り、普通にクッキーではないか。

包みを膝に置き、そこから二枚のクッキーを取り出すと、エリザベス様はそれらを打ち合わせた。

「まるで良く出来た炭のような、良い音がいたしますでしょう?」

クッキーが触れ合う度、カキン、コキンと澄んだ音色が響く。

「そうだね……？」

殿下の相槌がまた疑問形になられた。

その間も我々は、腹筋を試され続けている。

「恐らくお察しでしょうが、驚きの強度なのです。そうなる理由が分かりません」

殿下が相槌すら放棄された。

エリザベス様は、手元にあるクッキー（仮）を見て、物憂げな溜息をついておられる。

「これでも、私が製作しましたもので、一番出来が良かったのです。ですので、殿下に差し入れをと思ったのですが……。あ！　食べても体に害はございません！　それは実証済みです！」

「うん、そうか……」

「しかも更に驚く事に、何をどうしたものなのか、全く味がないのです！」

切々と訴えるエリザベス様に、戸口付近で立っていた同僚のノーマンが堪え切れず噴き出してしまった。私も危なかったが、口元に拳を当てて耐えた。

噴き出したノーマンは、誤魔化すように小さく咳をしている。

エリザベス様はそれを気にした風もない。

「あの大量に投入した砂糖は、バターは、卵は、一体どうなってしまったというのでしょう。一体このクッキー（仮）に、どのような奇跡が起きたというのでしょう……？」

「奇跡が……」

やめてください殿下。我々の腹筋が悲鳴を上げそうです。

「これでも、一週間も練習に練習を重ねたのです。クッキーというジャンルにおける、私の最高傑作なのです。そして、我が家の料理長から、私にはもう厨房を使わせないと言われてしまいましたので、最初で最後のクッキーなのです」

「最初で最後……」

ピンポイントで復唱する殿下のおかげで、何度も咳払いする羽目になった。

ノーマンはプルプル震えている。

「一応、『作ってみた記念』という事で、殿下にもお持ちしたのですが……。遠くにピンを立てて、それに向けて投げて遊ぶ、などの使用法がございます」

「……いや、クッキーだよね？」

「私個人としましては、そのつもりです」

大真面目に頷くエリザベス様に、私までプルプルと震えてしまう。

今日の腹筋の鍛錬は、中々にハードだ。

「一枚、いただいてみようかな」

殿下はエリザベス様が膝に広げている包みから、クッキー（仮）を一枚取り上げた。

それを二つに割ろうとしているが、中々割れない。結構な力が入っているらしく、殿下の腕が震えている。その光景に、ノーマンが既に瀕死である。

「……これは本当にクッキーなのか？」

割る事を諦めた殿下に尋ねられ、エリザベス様が首を傾げられた。

「分かりません。素材と製法は、一般的なクッキーそのものです」

殿下は執務机に歩み寄ると、机にハンカチを広げ、その上にクッキーを置いてハンカチで包んだ。

そして引き出しからペーパーナイフを取り出すと、その柄《え》でクッキーを叩きつけた。

ガキン、と、菓子にあるまじき音がした。

ノーマンがそれと同時にそっと退室していった。入れ替わるように、廊下の警備をしていた騎士が入って来る。

入れ替わりでやって来たディオンは、何がノーマンの腹筋を破壊したのかと、少し楽し気な顔をしている。余裕をもっていられるのも、今の内だけだぞ。

クッキー（仮）が砕けているであろうハンカチ包みを持ってソファに戻った殿下は、包みをそっと開いてみた。

「良かった。ちゃんと割れている」

ほっとしたような殿下の言葉が、私の腹筋を直撃する。

私もノーマンのように出ていきたいのだが、筆頭の名を賜っているので、そうそう簡単に殿下のお側を離れる訳にはいかない。

殿下は包みから小さな欠片を一つ摘まみ上げると、それを口に含んだ。

「あ！　噛んだりなさらないでくださいね！　それで我が家の庭師の歯が欠けてしまいましたので！」

庭師‼　災難だったな、庭師‼

殿下は暫く黙って口の中でクッキー（仮）の欠片を転がしていたが、ややして溜息をつかれた。

「……本当に、何の味もしない」

「そうなのです……」

真剣なお顔で頷かないでください！　私はここから動けないのです！

「お前たちにもやろう」

殿下はすっと立ち上がると、私とディオンにもクッキー（仮）の欠片をくださった。

「あ、お二方とも、無理に噛んだりなさらないでくださいね！」

目の前で、殿下も召し上がられていたのだ。我々が辞退する訳にはいかない。

取り敢えず、口に含む。

舌触りが妙につるんとしている。まるで滑らかな石を口に含んでいるようだ。そして本当に、舌で溶かしてみても味がない。ほんの僅かながら、バターの風味がする……気がする。

「考えたのですが……」

また隣に座った殿下を見て、エリザベス様が真剣なお顔をされた。

「うん？」

「軍用の携帯食料などにどうでしょう？　味はありませんが、長持ちしますし、砂糖やバターが入っているのは確かですので、カロリーの補充にはなります。それに、いざとなったら、武器にもなるやもしれません」

ゴフっと、ディオンが噴き出す音がした。

その夜、宿舎へ戻り、ハードだった今日の腹筋の鍛錬をノーマンとディオンと労い合うのだった。

第5話　釣り上げたウザガラミ（メガネ目《もく》インケン科）は、リリースが基本。

るんた、るんた、るん♪

エリちゃん、順調に成長中よ〜。この間、十歳になったのよぉ〜。

お誕生日に、殿下からとても素敵な万年筆をいただいちゃったわ〜。書きやすいし、細工も美しいし、とってもお気に入りなの〜。

殿下ったら、ホント、出来る男ねぇ〜。

先日、全く味のない奇跡のクッキーもどきを製作し、殿下に贈呈した。

十枚程度あったのだが、あれらは結局、護衛騎士のお兄さんたちに配られたらしい。お兄さんたちにお礼を言われたが、全員して目が「ドンマイ！」と言っていた。……この屈辱、忘れぬぞ……。

何故失敗したのか、未だに分からない。もしかして、これが世に言う『ゲーム補正』なのかもしれない。知らんけども。

とりあえず、現在は王太子妃教育は一区切りらしい。

終わったというより、予想より進みが早かったので一休み、という事らしいが。残りは、私がもう少し大人になってから、と言われた。

どうやら残っているのは、国防に関する部分や、王家の機密に関する部分、そして閨の授業らしい。

エリちゃん十歳だもの～。分かんないわぁ～（キャッ）。カマボコってぇ～、オトトから出来てるんでしょぉ～？

さて、『異世界転生』なるものを果たし、王太子殿下の婚約者などという『いかにも何かありそう』なポジションに収まっているのだが、ビックリする程毎日呑気だ。『異世界転生モノ』の定番展開としては、王太子が「なんでお前、王太子なんて役職やれてんだよ……」レベルの阿呆だったり、それ故に婚約破棄なんかを言い渡されたりするものだが。そして私も、最初はそれを覚悟して、退路だけは確保しとこうなんて思ったものだが。

婚約を結んで一年後に、退路は既にほぼ絶たれていた。

ただ、この道を選んだのは私自身だ。後ろがないなら、前に進んでやるさぁ！　あの時、そう覚悟を決めたのだ。

けれど現状、至って平和である。いや、不和を望んでいる訳ではないから、平和が何よりなのだが。

六歳の頃に、貴族の前で殿下の婚約者としてのお披露目があった。それに先駆けて、殿下が仰ってくださったのだ。

「道は、私が拓こう。それを共に進んではくれないだろうか」と。

四つも年下のちびっ子の目を真っ直ぐに見て。とても真摯な、けれどほんの僅かな不安の混じった瞳で。

カぁっっっコ良かったぁぁぁ!!!

殿下、当時十歳よ⁉　小学四年生よ⁉　いや、小学校とかないけども！　それが！　どうよ、このセリフ！　痺れない⁉　私は痺れた！

しかも「付いてこい」ではなく、「共に進もう」ってのがポイント高い！　ここで「付いてこい」だったら、「勝手に行けよ」てなるとこだったからね！

もう、頷いちゃうじゃん！　ここまで言ってくれた人が裏切るなら、それはもう、相当な何かがあっての事だよね。

だからこそ、婚約の白紙撤回という退路がなくなるとしても、殿下の差し出してくれた手を取った。

「貴女を生涯エスコートする栄誉を、私にいただけるだろうか」

って、気障《きざ》ぁ〜‼　でも様になってる！　カぁッコイイ〜‼

そんな、十歳時点で既に『イイ男』だった殿下は、十四歳です。

もう子供っぽさは完全に抜け、頬や身体の線から丸みが消え、青年になりかけの少年だ。

美少年て、殿下の為にある言葉だわ……。

さて、この国には、幾つかの教育機関がある。

殿下もいずれは、それに通われる事になる。恐らく、殿下が通われるのは、スタインフォード王立学院だ。

入学に特に条件などがなく、貴族だろうが平民だろうが全員入学できる。アホみたいに難しい入試さえ突破できれば。

学費は貴族からは多めに、平民からは申し訳程度に徴収する。奨学制度もある。寮もあり、寮費は身分の貴賤を問わず一律の額である。物語にある『高位貴族は特別室』などの措置はない。公爵子息だろうが、下町の八百屋の長男だろうが、手続き順に二人部屋に押し込まれる。ただし、成績上位者になると、一人部屋をもらえる。

完全実力主義の学校である。

この学院は、前世で言うなら大学に位置付けられる。高校あたりまでの学問は、既に修めていて当然というスタンスだ。なので入試がアホ程難しい。

募集定員に達していなくても、入試の成績が一定に届かない人間は容赦なく落とされる。因みに定員は毎年四十名ぽっきりだ。しかし、定員に届かない年も珍しくない。というか、ほぼ毎年、定員に届いていない。

少数精鋭の、超難関エリート校である。

ここの卒業生は、国の中枢機関に組み込まれる。ただし、入学するのも難しければ、卒業するのも難しいのが特徴だ。

卒業試験で規定の成績を修められなければ、問答無用の留年である。

一応、履修期間は三年。その後、三年間の留年期間が残されている。……大学が八年居られると思うと、そこから二年短いのは鬼の所業と思う。六年目の卒試で落ちると、当然除籍だ。除籍は中々不名誉なので、五年程度で諦めて退学する者が多いらしい。

しかし退学したとしても、スタインフォードに在籍していたというだけでそれなりの箔が付く。それくらいの難関校なのだ。

余談だが、入学時の三十五名が、全員そろって卒業を迎えられた年がある。それは未だに伝説として語り継がれている。

ここを受けようとする貴族の子息らは、大抵十三歳か十四歳で一度目の受験をする。十八歳が成人なので、成人前に卒業できれば重畳《ちょうじょう》、といったところである。

殿下は現在十四歳。そろそろお受験のシーズンなのでは？　と思ったのだ。


「今年は受験しない」

殿下、お受験は？　と尋ねたら、返事がそれだった。

「・・・」

「今年は？」

あ、来年するって事？

「私がどの学校へ通うか、エリィは知っているかな？」

いつもの殿下の私室近くのお庭で、のんびりティータイムだ。

「スタインフォード校では？」

殿下のおツムでしたら、合格されるでしょうしね～。

というより、それ以外の学校なら、殿下は通う意味がないのではなかろうか。なにせ城の講師陣は超一流！　なのだから。

「そう。スタインフォード校なのだが……、エリィと一緒に通おうと思ってね」

にこっと微笑まれた殿下に、「ほへ？」と間抜けな声が漏れてしまった。

「えー……、あの、私、スタインフォード校に通うのですか？」

「通わないのかい？」

逆に不思議そうに問い返されてしまった。

「いえ、いずれは……とは思ってましたが」

そう。

スタインフォード校は、何といっても城に負けないレベルで一流の講師陣を揃えているのだ。しかも様々な学問の最先端でもある。王城の講師陣も、ほぼ全員がスタインフォード校の卒業生だ。

……マナーのハミル夫人を除いて。

「スタインフォードは女子学生が少ないからね。エリィを一人で通わせるのは、少し不安なんだ」

「それはそうですが、相手を『女だから』と侮るような輩が、スタインフォードに居ますでしょうか？」

スタインフォード校は、学生の九割が男性だ。理由は単純。女性に『国家の中枢で働く』という意識がないからだ。

貴族女性ならノースポール女学院、平民の女の子ならコックフォード学園などに通う人が多いだろう。

ノースポール女学院は『淑女たれ』が校訓だし、コックフォード学園は『学問は平等』が校訓だ。マナーを教えてくれているハミル夫人は、ノースポールの卒業生である。授業に刺繍とかあるんですってよ！　筆記試験で満点取るより、出来る気がしないよ！

因みにスタインフォード校の校訓は、『自ら手を伸ばす者だけが成功を掴む』である。やらねー奴とやる気ねー奴にゃ用はねぇんだよ、という素晴らしい校訓だ。

殿下は「ふふ」と小さく笑うと、私の髪に手を伸ばした。僅かな風にもふわっふわ舞う、地味に鬱陶しい私の髪を、殿下は指先に絡めた。

「単に私が、エリィと一緒に学校へ通いたいんだよ。……ダメかな？」

指先に絡めた髪を唇に寄せ微笑む殿下に、思わず頬を染めてしまう。

「レオン様が、お望みでしたら」

色気がー‼　だだ漏れてるんですけどー‼

殿下は指先の髪にちゅっとキスすると、するりと髪を放してくださった。

「ありがとう。……来年か、再来年かな？　一緒に試験を受けよう」

「……頑張ります。レオン様だけ受かって私が落ちたら、中々悲惨ですね……」

「大丈夫。エリィなら絶対に受かるから」

何故そんなに自信満々なのですか……。本人は五分だと思っているのに……。

という訳で、エリちゃん、これから受験勉強しなきゃいけないみたい。藪つついて蛇出ちゃった感あるけど、まあ、いっか。

「……側近」

スタインフォード校の受験に向け、資料を集め始めた夏の日、いつものお茶会で殿下がいきなり言ってきたのだ。

そろそろ私の側近というものを固めねばならないのだけれど……と。

「そう。手足となって動いてくれる者が、何人か必要だからね」

「というより……、今まで居られなかったのですか……？」

そういや、そういう人に会った事ないわ。

え⁉　殿下、今まで執務とか、全部お一人でされてたの⁉　マジで⁉

「『候補』は数名居るよ。彼らをそのまま側近として取り立てるかどうかは別として」

シビア～。

「少し、ふるいにかけたいと思っていてね。……エリィにも、手伝ってほしいんだ」

にこっ。

微笑んで小首を傾げる殿下は、とてもあざと可愛い。

しかし知っている。こういう時は大抵、ロクな事ないヤツだ。

「えっと……、私は、何をすれば……」

恐る恐る尋ねると、殿下はにーっこりと綺麗に笑われた。

「特に何も」

「とくになにも」

アホの子のように復唱してしまった私に、殿下は微笑んだまま頷いた。

「そう。エリィはいつも通りにしていてくれたらいい。頼んだよ」

頼まれても……。

しかし、まあ——

「はい」

とお返事するしかなかろうよ。……一体、何をする気なのやら。


エリちゃん今日はお城の図書室に居ま～す。

スタインフォード校の受験に向けてだ。

殿下は「私の準備が整い次第」試験を受けるつもりでいらっしゃる。整い次第って言われてもなー。向こうに期限切ってもらった方が、気持ち的にラクなんだけどなー。

まあ、再来年かな？　と、私は思っているし、殿下もそれくらいと考えているようだ。殿下の余裕っぷりからして、殿下は既に準備は終えている模様。

こちらの世界の年度始まりは五月である。

あ、カレンダーは地球とほぼ同じね。一月から十二月まであって、十一月を除いて毎月三十日。十一月だけ二十九日。

年度始まりが五月なのは、社交シーズンが五月半ばから始まるからだ。

学校などもそれに合わせている。

現在、七月。今年の受験はもう終わっている。入試は三月にあるので、来年の受験までは七か月。

間に合わんでしょー、これは。

スタインフォード校の受験は、まず入学願書に論文を添える必要がある。

そこから突っ込みたい。

論文、入試に組み込んでくれよ！　願書に添付ってなんだよ！　しかも作文に毛が生えた程度の小論文ではなく、ガッツリ論文。マジかよ！

そこで一次選考があり、通った場合のみ受験票が送られてくる。

試験は二日間で、科目は外国語1、外国語2、地理、歴史、政治、経済、数学1、数学2である。外国語は、受験者が選択できる。国語の試験はない。古文などもない。

数学1や数学2は、所謂《いわゆる》『数Ⅰ』などとは違う。数学1が数学的な計算問題。数学2は物理や化学などがごちゃっと混ぜられた計算問題だ。

これらの試験は、恐らく何とかなる。

問題は論文だ。

テーマ考えて、資料集めて、構成考えて……、気が遠くなるわ！　卒業時には勿論、卒論があるよ！　やったね！

……乙女ゲームの『学園』て、こんなガチ仕様だったっけ……？　何かよく『学園では平等』とかの建前出てきてた気がするから、コックフォード学園の方が乙ゲーっぽくない？　あそこ、校訓が平等（学問は、だが）だし。

やっぱこの世界、乙女ゲームとか関係ないのかも。

最近はそう思う事が多い。

我らが御師様、ナサニエル師に論文について相談したらば、「ディマイン帝国滅亡の新説でもぶち立てようか？」と笑い混じりで言われた。

いいですけど、落ちたら責任取ってくださいね？　この両肩には、殿下の重～い信頼が乗っかっちゃってるんですからね？

そう言ったらば、途端に真剣な顔になりやがった。

そんな御師様が、私は好きですけども。


そんなわけで、「論文かぁ～、何書くかねぇ～」と書架を眺める日々である。

るんた、るんた♪と書架を移動する私の傍には、護衛騎士のお兄さんが居る。城に居る間は、殿下が彼らを付けてくれているのだ。

日替わりで色んな人が付いてくれるのだが、最近はずっとノエル・グレイ卿だ。殿下専属の護衛騎士筆頭の方である。

私の味なしクッキーを食し、「味のない食べ物を生まれて初めて食べました。貴重な経験です」と仰ってくれた。……ねえ、褒めてんの？　貶してんの？　どっち？

グレイ卿は侯爵家の次男さんで、お父様が幾つかお持ちの爵位の一つをいただいているそうだ。子爵位である。故に私は、彼をグレイ卿とお呼びしている。現在、二十一歳だったか二十二歳だかの、中々のイケメンでナイスガイだ。

書架の高い場所にある本などを、すぐさま取って渡してくれる、気の利く護衛さんである。

そういうのは護衛の仕事ではないのでは？　と尋ねたらば、「エリザベス様は踏み台との相性が少々お悪くいらっしゃるので」と微笑まれた。

……ええ、よく踏み外しますがね。……マジで、喧嘩売ってんの？　何なの？

しかしグレイ卿は背が高く便利なので、遠慮なく使わせていただこう。

あれ取って、これ取って……と手あたり次第に本を取っていただき、それら全てを文句を言わず持ってくれているグレイ卿にお任せする。

席は奥まった場所にある他より小さなテーブルがお気に入りだ。

ずらりと一辺に六脚もの椅子が置かれたテーブルは落ち着かない。端のデッドスペースのような場所に置かれたテーブルは、それらより大分小さいのだ。

素晴らしいです。色んな建物を探訪して、デッドスペース収納なんかをホメまくるあの俳優さんも、これにはニッコリだろう。お城って、正方形・長方形じゃない部屋多いから、謎のデッドスペース生まれがちなんだよね。そういう謎の角っこ見つけると、とりあえずハマりたくなんじゃん。

テーブルに本を置いてもらい、グレイ卿が引いてくれた椅子に腰かける。

論文のテーマを考えつつ、持ってきてもらった本をめくる。

ディマイン帝国絡みであれば、一番資料収集が楽なのは確かだ。自宅にもかなりの量の文献がある。アガシア大河流域文明についても、何か書く事は出来る。ただ、学院が指定している大テーマは、『学びたいものに関して』論ぜよ、というものなのだ。別に歴史学者になりたい訳ではない。というか、将来の職業は既に決まっている。

では、何を学び、殿下の妃として活かしていくのか。

手を付けたい分野は幾らでもある。学ぶ為の機会も貰える。

殿下に言われて前倒しされた感はあるが、そもそもスタインフォード校には私も通いたいと思っていたのだ。機会を貰えてラッキーだと思っておこう。

「……グレイ卿」

背後に立つグレイ卿に、小さく声を掛ける。

「は」

「マドレーヌはお好きですか？」

その質問に、グレイ卿が戸惑う気配がする。暫しの逡巡があり、グレイ卿が小さな声で答えた。

「……一般的なもの、でしたら」

ん？　どういう意味かな？　エリちゃんが作るとは、一言も言ってないけどな？

「私が作るお菓子が何故失敗するのか、それらを論文にまとめたら、スタインフォード側はきちんと読んでくださるでしょうか」

「何故失敗なさるのかの理由が解明されておりませんので、結論のない、尻切れトンボな論文になってしまわれるのでは……」

チッ。ごもっともだぜ。

因みにグレイ卿は、王城の敷地の外れにある『ベレスフォード王立騎士学院』卒である。騎士を目指す者は、ここを卒業しないと話にならないからだ。

……実はちょっと、この学校も入ってみたいと思っていたりする。絶対に、殿下のお許しがでないとは思うが。軍略の授業とかあんだもん……。楽しそうなんだもん……。

まあ、実技が過半数を占める学校だから、私ヘタしたら死ぬけどさ。

「更なる研究を要する、で締めておけば、それなりの体裁は保てるのでは……」

「しかし厨房に出禁をくらわれたのでは？」

ホントの事だけど、言い方よ‼

……グレイ卿に悪気がないのも、嫌味で言っているのではないのも分かるけども……。

何かしらね……。ちょっとばかし、心が痛いわね……。

「図書室では静かにしてもらえないか？」

急に声を掛けられ、仰る通りなのでバツの悪い思いで、声のした方を向いた。

デッドスペースの小さなテーブル席で、一つテーブルを挟んだ席に、少年が座っていた。

年の頃は恐らく殿下と同じくらいだ。殿下と同年代の貴族の子供は多い。なので珍しい事ではない。

「申し訳ありませんでした」

軽く頭を下げると、少年は「フン」と鼻を鳴らし、開いていた本に視線を落とした。

神経質そうな子。

それが一番の感想だ。

ダークブラウンの髪は短めに整えられているのだが、前髪だけが耳の下あたりまでと長い。それをセンター分けにしている。銀縁の細い眼鏡がまた、神経質感をアップさせている。

目鼻立ちは整っているが、口がぎゅっと結ばれていて、『僕、気難しいです！』と主張しているようだ。……なんて得しない主張だろうか。

大人しく論文のネタを探そう、と、私も開いていた本に視線を落とした。

すぐそこに人の気配を感じ顔を上げると、真横に神経質少年が立っていた。思わずぎょっとしたが、背後のグレイ卿が動かないという事は、彼に危害を加えられる心配はないという事だ。

「あの、何か……？」

用があるのか。私は静かに本を読みたいのだ。……先に邪魔したのは私かもしれないが、それに関しては謝罪したではないか。まだ足りんか？

「カール・スミスの『市場経済論』か。どうせ読んでも理解できないだろうに」

フッと、鼻で笑いつつ言われた。

すげぇ！　クソみたいなガキだ！　略してクソガキだ！

「そうですね。現在、理解の途上でございます」

この本は、市場とそれをコントロールする通貨について論ぜられている。内容は半分くらいが、地球で有名なかのマルクスの『資本論』と被る。ただしこちらは共産主義を良しとせず、如何《いか》に資本主義の枠組みの中で経済を発展させていくかに主眼が置かれている。

個人的な感想は、資本論とドローである。どちらにも一理あり、どちらにも反論の余地がある。

マルクスと戦わせてみたら面白いだろうなぁ……と本気で思った。不可能だが。

「素直に『理解など出来ません』と言えば、可愛げもあるものを」

また、今度は「ハッ」と嘲笑される。

すげぇ！　クソみたいな（以下略）！

「現状、理解の甘い部分があるのは否めません」

だからこそ、再読しているのだ。

経済学の授業で、この本を元に先生とディスカッションをした。……互いに白熱しすぎて、三回で終わらせる予定だった授業が五回に延びた。楽しかった。

こちらの立てたテーゼに、先生がアンチテーゼを投げかける……という形だ。互いに「負かしてやるぜ！」と力が入り過ぎた。最終的に折衝点を見つけ、五回目の最終回は互いにがっちり握手をして健闘を称え合ったものだ。少年マンガのような爽やかな結末であった。

「見栄を張りたいにしても、もう少し現実味のあるものを選んだらどうかな？」

眼鏡の奥の目が、完全に馬鹿にしている。

「ご忠告、ありがとうございます。……読書に戻ってもよろしいですか？」

もう、面倒くさい。どうせこの手の人間は、こちらの言う事など聞きはしない。

少年は、テーブルにあと三冊積み上げてある本を見て、また「ハッ」と笑った。

「どれもこれも、女が読むような物ではないな」

『女が』ときた！

すげぇ！　クソ（以下略、三回目）だ！

この国の思想は基本的に『男性上位』だ。『男尊女卑』ではない。

ただ、男性の方が基本的に上に配されるだけだ。女性を蔑ろにする訳では決してなく、数は多くないが女性の官吏《かんり》も居る。彼女たちはきちんと、能力に応じて昇進も昇給も行われている。

けれどやはり時々、何を勘違いしたのか徹底した男尊女卑思想の男性が現れる。そういう輩は大抵、社会からそっと弾き出されて消えていくのだが。

アカン。もう本当に面倒くさい。

ていうか、グレイ卿の着ている団服の意味に気付かないって、王城に出入りする人間にしては致命的だわね～。

専属護衛のお兄さんたちは、彼ら専用の黒い団服を着用している。これがまたクソカッコいいのだが、カッコよさについては割愛。

これはエリート集団である近衛騎士の中でも、更に選ばれた者だけが着用を許されているのだ。

彼らは一代爵位である騎士爵を持つが、近衛や護衛騎士のお兄さんたちはグレイ卿のように永代爵位をお持ちの方も少なくない。決して彼ら自体も軽んじて良い存在でないし、彼らが護衛している対象となれば言うに及ばずだ。

私のような準王族、国の賓客などに、王族から貸し出されるのが彼らだ。貴族のお坊ちゃん風情が突っかかって良い相手でないのは明白なのだ。

まあ、私個人としては、別に突っかかられてもどうという事はない。けれど一応、立場は準王族。個人の思いと現実の間には、高い壁があるのだ。

この坊ちゃまは既に、無礼討ちされてもおかしくないレベルでやらかしている。

どーすんの？　この子……。

そう思いつつ、背後のグレイ卿をちらりと見ると、グレイ卿は小さく微笑んでくださった。あの笑顔は「どうぞお好きなようになさってください」だ。

この子の思想をどうこうするのは恐らく、一筋縄ではなかろう。そしてそれを、私がやってやる必要はない。

どちらのお宅のお坊ちゃまかは分からないが、ご家庭なり、家庭教師なりの仕事であろう。……そのご家庭自体の思想がアレな可能性も大いにあるのだが。

いずれにせよ、私の仕事とは思えない。

「……グレイ卿」

「は」

背後に控えていたグレイ卿が、一歩こちらに歩み寄ってくれた。背の高いグレイ卿を見上げつつ苦笑する。

「これらの本の片付けを、司書様にお願いできますか？」

「御意に。……お部屋へ戻られますか？」

そう。実は王城内にお部屋をいただいている。

殿下の私室の隣、つまり『王太子妃の私室』である。現在はまだ、殆ど使用する事のない部屋だ。

「そうしましょうか」

溜息をつきつつ立ち上がろうとすると、グレイ卿が丁寧に椅子を引いてくれた。

テーブルに積んであった本をグレイ卿が持ってくださり、その場を後にしようとした。

一度だけ、神経質ウザガラミ少年を見やると、少年はやっとグレイ卿に気付いたようで、少し顔色を悪くさせていた。

遅ぇよ‼　どんだけ視野狭ぇんだよ‼


本は司書様に片付けをお願いしようとしたら、司書様が貸し出し手続きをとってくれた。なので大人しく賜ったお部屋に行き、そこでのんびりと読書をする事にした。

「むしゃくしゃした時にお菓子を作って発散する、というストレス解消法があるそうですよ」

廊下を歩きつつ言うと、グレイ卿が苦笑された。

「ストレスの発散でしたら、他にも色々とあるようですよ。長めの入浴をするですとか、散歩をするですとか……」

そんなに私の菓子はダメか！

「運動をする、という方法も――」

「他には眠ってしまうだとか、私の周囲ですと好きな物を目いっぱい食べるなどという者も居りますね」

……運動もダメか……。

めっちゃ食い気味に遮られたわ。

「寝てしまう、というのは、良いかもしれませんね」

溜息をつきながら言うと、グレイ卿は少しほっとしたように「そうですね」と頷いてくださった。

少々解せない気持ちで、部屋に向かうのだった。


件《くだん》のウザガラミ坊ちゃまとの邂逅から数日後、いつものまったりティータイムにて、殿下が非常に清々しげな笑顔で仰った。

「側近という者を定めたよ。時間がある時に、エリィにも紹介しよう」

「あ、決まったのですね。おめでとうございます（？）」

おめでとうは違うだろうか？　まあ、いいか？

「そこのノエルを含め、四人だ。それぞれ特徴のある者ばかりだから、覚えられないという事もないだろう」

『そこのノエル』氏は、今日もバッチリ所定位置に控えておられます。今日も完璧に、死角のない配置ですわ。

筆頭であるノエル・グレイ卿は、常に殿下に近い位置だ。有事の際には、身体を張って殿下をお守りするのがお役目だ。

「グレイ卿は、殿下の側近というお立場だったのですか……」

知らんかった。

専属護衛筆頭ってだけでも、肩書の威力は凄いのだが。

「正確には少々違うが、そう思ってくれて構わない。周囲にはそう見えているだろうしね」

「成程……？」

よく分からん。

けれどまあ、知る必要があるのならば、殿下がお話しくださる筈だ。詳しくお話しにならないという事は、そこは私が特に知っておく必要はないという事だ。

よく分かっていないという事が恐らく顔に出ている私に、殿下がにこっと微笑んでくださる。

「エリィのおかげで助かったよ」

「……特に何もした覚えがございませんが……」

全く身に覚えがない。

私のおかげ……？　……ハッ（ピコーン）！

「もしや私のクッキーが――」

「いや、それは関係ないから」

……殿下も、めっちゃ食い気味に突っ込まれますね……。

そんなダメか⁉

後日引き合わされた側近の方々は、皆さまとても腹に一物ありそうで、素敵な方々ばかりでした。

お流石でございます、殿下……。

◆◆◆

王族は、基本的には外部の教育機関へ通う事がない。あるとすれば、本人の強い希望があった時だ。そして私は、国内の最難関である超名門校・スタインフォード学院への進学を希望した。

理由は一つだ。

エリィと学生生活を送ってみたかったからである。

王族、とくに王位継承の決まった王太子・王太女の教育となると、国内でも最高峰の教師が用意される。主義・主張・思想に偏りがあってはならないので、教師の選定は非常に慎重に厳正に行われる。

それを修めているならば、いかな名門校といえど、通う必要は実は全くないのだ。

だが、エリィと共に学生生活というものを送ってみたい。

十八歳で成人してしまえば、今まで以上に王太子としての公務が増える。執務は言わずもがなだ。

今ですら、隙間時間を見つけてようやくエリィとお茶をできるくらいだというのに、もっと時間がなくなってしまう。

私の一度きりの我儘を聞いてもらえませんでしょうか、と両陛下にお願いしてみた。

もう少し渋られるかと思ったが、拍子抜けするくらいあっさりと「好きにせよ」と言われた。

王妃陛下には「貴方の初めての我儘です。叶えるのが親というものでしょう」と微笑んで言われた。

そうか。

私は、両陛下に『彼らの息子として』我儘を言った事がなかったか……。

心なしか嬉しそうに見えた両陛下に少し申し訳なく思いながらも、お二人の温情に有難く甘える事にした。

とはいえ、エリィにとっては寝耳に水の話だろう。

まだ年単位で先の話である。年単位で先の話ではあるが、今からとても楽しみだ。

心置きなくエリィと学生生活を送れるように、今からしっかりと準備をしておかなければならない。

エリィとの楽しい学園生活の為に、とりあえず今まで脇に追いやっていた問題を片付けようと思う。

私には現在、『側近』という者が三名居る。

『側近』とは、私が将来即位し王となった際、それを傍で支えてくれる者だ。

私の傍に侍り、おべっかを駆使して、ただ私を気分良くさせてくれる存在では決してない。そもそも、そうして持ち上げられても、私には不快感しかないのだが。何故なのか、そこを勘違いする者がそれなりに居る。

「殿下のご婚約者様には、まだ会わせてもらえないんですかぁ～？」

私の執務室の机に抱えていた資料をどさっと置きつつ文句を垂れるのは、国内最大の規模を誇るネルソン商会の三男ポール・ネルソンだ。歳は私の二つ上、現在十六だ。

独自の経済理論を持っていて、商会の会長となっても大成するだろうが、それよりもその頭脳を国の為に使ってほしいと無理やり引っ張り込んだのだ。

ネルソン商会には申し訳ない事をしたが、あの家は長男も次男も優秀だ。一人分けてもらうくらい、許してほしい。

「まあ、もう少し待て。いずれ、『側近』とやらを完全に定めたら、その時には紹介しよう」

「……だそうですよ。無駄口を叩いていないで、働いたらいかがです？」

呆れたような声で言うのは、アーネスト侯爵家の次男、レナード・アーネストだ。歳は私より一つ下。貴族の子らに多い年代だ。

レナードにぴしゃりと言われ、ポールは「はいはい、っと」と呆れたように呟き、自分に与えられた仕事へと戻っていった。

レナードは、アーネスト侯爵から預かっている存在だ。侯爵曰く、きっと殿下の片腕となります、だそうだが。

現状、腕一本ほどの重みはないな。

彼はどうやら、己が私の側近となれると信じているようだが。

――どうだろうね？

春先、アリスト公爵家にて、当主の代替わりがあった。

アリスト公爵家といえば、我が国の筆頭公爵家であり、エリィの初めての茶会を台無しにしかけた縦ロール嬢の家だ。

新たに当主となったのは、ロバート・アリスト。先代公爵の長男で、十八の成人を待っての交替だ。

……縦ロール嬢の名前が既に思い出せないが、まあ良かろう。エリィが『縦ロール様』などと呼ぶから、それ以外の名が全く思い出せん。

その縦ロール嬢の御父上である先代当主だが、別に急逝しただとか、病床にあるだとかではない。

いや、表向きは『病気療養の為』だったか。

この先代が、問題の茶会の際の娘への裁定を不服として、王妃陛下に奏上したのだ。

幼き娘に対して、罰が重いのではないか……と。

聞いた時、心底呆れた。

その茶会を取り仕切っていたのは縦ロール嬢より更に幼いエリィだし、王家主催の茶会で取っ組み合いなどという前代未聞の不祥事をやらかしたのだし、更にその後、王妃陛下の不興を軽く買っている。

エリィ風に言うなら、チェック詰《チェックメイト》だ。

当然、その奏上は王妃陛下の更なる不興を買った。

己が娘の過ちを詫びる事もなく、むしろ軽い罰としたにも関わらず。それが『筆頭』などと言われる公爵家のあり方か、と。

全く同感である。

先代のアリスト公爵は、縦ロール嬢に『お前こそが未来の王妃となるに相応しい』などと吹き込み続けた人物だ。幼子にとって絶対の存在である父親にそう言われ、溺愛され、甘やかされ続け……、結果がアレである。お粗末にも程がある。

それ以前に、公爵は『王妃』というものを甘く見過ぎだ。

この国における『王妃』とは、決して国王の添え物ではない。

『王妃』とは、国王と並び立つ者だ。

国王が背負わされるものと同じ重荷を分かち合い、共に歩むべき者だ。故に彼女らは、国王と同じ『陛下』という尊称を用いられるのだ。

その王妃の不興を、自ら進んで買いにいくとは。

愚かに過ぎて、言葉もない。

そこで頭角を顕《あらわ》したのが、長男のロバートだ。当時は十六歳で、スタインフォード校に在籍していた。

彼は領地経営と並んで、法科を選択していた。

公爵家を継ぐのであるから領地経営は分かる。問題は、法科だ。

スタインフォードの法科というと、卒業生は王宮の法務局勤務となったり、各地の法廷の裁判官となったりが多い。現在の法務大臣も、ここの卒業生だ。

領地経営に法知識があって困る事はないだろうが、スタインフォードで学ぶとなると、片手間に出来るような勉強量でなくなる筈だ。

ロバートは実は、かなり以前からずっと、静かに機会を狙っていたのだ。

前公爵は娘を溺愛し、王家と縁続きにはなれなそうなロバートや次男には見向きもしなかったらしい。

絶対に娘が王太子妃となると確信していたらしく、縦ロール嬢には出費を惜しまず、二人の息子は夫人に任せきりだったそうだ。

しかしそれが、ロバートにとっては僥倖《ぎょうこう》だった。

王妃陛下に不敬を働き、それをそうとも気付かぬ愚物だ。筆頭公爵家は王家にも並ぶなどと、ありもしない事実を思い込む阿呆だ。その父から、距離を置けたのだ。

そして夫人は、とても聡明な女性だった。

彼女は息子たちに、父親をよく見ていなさいと告げたそうだ。

あれはいつか、何かをやらかす。その際、あなた達は、自分で自分を守りなさい、と。

中々に見上げた根性の、素晴らしい女性である。

彼女は既に、娘の矯正は諦めていたらしい。夫人が何か注意をすると、縦ロール嬢は父親に泣きつく。すると前公爵が娘を肯定し、夫人を否定する。

それを長年繰り返し、彼女はもう、娘に対する愛情は擦り切れてしまったのだそうだ。夫への愛情などは、結婚後一年もしない内に枯れ果てたらしい。……夫人を心から労いたい。

夫人は息子たちに、選りすぐった家庭教師を付けた。息子たちが更なる教えを乞うのなら、その為に新たな教師を探してくれたそうだ。

夫が娘へドレスや宝石を与える代わりに、夫人は息子たちに知識を与えた。

そして公爵家の息子たちは、じっと機会を待った。

前公爵という、アリスト公爵家にとっての癌を排除できる日を。

ロバートが法科を選択した理由は、『法的に父を排除する為』だったのだ。

前公爵がやらかした瞬間から、彼らは動き始めた。まずは公爵に己の犯した過ちを知らしめ、彼が行っていた小さな不正を突きつけ、更に彼が縦ロール嬢の為に無駄に使用した金額を告げた。

前公爵は、絵に描いたような無能だった。

彼が縦ロール嬢の為に使用した金額は、いかな公爵家といえど見過ごせない額だった。

このまま貴方がその地位に居れば、いずれは貯蓄も底を尽きます。陛下の不興を買った者が……との誹りも受けます。それでもまだ、その座に固執しますか？

そう迫り、前公爵の領地への更迭が成った。

縦ロール嬢は自ら「お父様とご一緒しますわ」と言ったので、希望通りにしてやったそうだ。数か月経過して以来ずっと、「王都の邸へ戻りたい」と手紙が届き続けているらしいが、全て握り潰していらしい。

ロバートが成人するまでは、公爵代理として夫人が表に立ってくれた。そして、成人したと同時に、公爵の位を継いだ。

まず真っ先に、王妃陛下へ謝罪を申し込んだ。

降爵も辞さないと申し出たロバートに、陛下は「自身がすべき事を知る者を、わざわざその座から追う事はない」とお許しになられた。

ただ、周囲の納得の為、五つある公爵家の序列五位となった。

これによって自動的に序列が二位となったマクナガン家だが、エリィが「我が家もひっそり下げていただいて構わないのですが……」と訳の分からない事を言っていた。

何の罪もない家の格を、勝手に落とす事なんてできないよ、エリィ……。

そのロバート・アリストに興味を持ち、私から接触してみたのだ。

結果、妹とは全く違い、非常に優秀な青年である事が分かった。

かつて国の為に働いた祖先を心から尊敬している彼は、民の為、ひいては国の為、己の持つ力を使っていけたらいい、という考えの人物だ。

ならばその力を、私に貸してはもらえないだろうか。

そう言ったなら、彼は僅かに驚いた後、その場にすっと膝を折った。

「身命を賭しまして。殿下の為、ひいては国家の為、非才の身でございますが働かせていただきます」

とても綺麗な臣下の礼だった。

夫人は素晴らしい教育をしたものだ。

思わずそう零すと、彼は少し嬉しそうに微笑んだ。

「私……、いえ、私と弟は、母を心から尊敬いたしております」

良い者を手に入れた。

ロバート曰く、公爵位はなんなら弟に譲っても構わない、という事だ。……公爵位の譲位を『なんなら』で済まさないで欲しい。

彼が、ノエル、ポールに続いて、三人目の側近となった。

ロバートは現在、スタインフォード校の卒業資格を持っているのだが、まだ学院に残って勉強を続けている。

どうやら、法改正をしたいらしい。

頼もしくて結構だ。


ノエルが側近となった経緯は、彼らとは少し事情が違っている。そもそも、ノエルの立場は正確には『側近』というものでもない。

王族には必ず、専属の護衛騎士が付く。個人の『専属』とされる騎士の人数は、王族一人につき六名。

専属騎士は近衛騎士の中から選ばれる。

通常、専属騎士という者は、王族の側近となった者から筆頭が選任される。

父である現王の専属騎士筆頭は、国王陛下の乳兄弟であった男性だ。

筆頭のみを護衛される側である王族が選び、その筆頭が己の配下となる専属騎士を選ぶ。故に、『専属騎士筆頭』という存在は、信頼できる者でなければならない。

私の乳母の子は女児であった為、その子とは交流がない。まあ尤《もっと》も、子が男児であったとしても、その子が騎士を目指すかどうかも分からないが。

生涯に渡り我らを守ってもらうのだ。年齢は近い方が良いとされている。

己の専属が決まらぬ内は、近衛から護衛が出される。専属護衛となるべく訓練を受けた者たちだ。いずれ誰かの筆頭が選任されたなら、彼らの数人が『専属』の名を貰うのだろう。

その中で、よく私の護衛についてくれる者が居た。

それがノエルだ。

当時はノエル・シモンズといった。シモンズ侯爵家の次男だ。

シモンズ侯爵家は武門の名家で、現侯爵は騎士団統括の地位に居る。以前、賊の討伐の際に利き腕に怪我を負い、一線を退いた。

戦えはしないが己にあるのは騎士の誇りだけだ、と、文官と武官の中間のような統括という役職に就いているのだ。

「シモンズ侯爵家の次男か」

「はい」

ある日の鍛錬帰り、私の後ろを歩くノエルに声を掛けてみた。

「いずれは家を出るのだろう?」

「はい。とはいえ、もう半分出ているようなものでしょうが」

ノエルは十二歳で騎士学校へ入学し、十四で卒業した。

その後は王立騎士団へ入団し、以降ずっと寮住まいだそうだ。

「君は今、何歳だ?」

尋ねると、「十六でございます」と返って来た。

ノエルと私の年齢差は八つなので、当時の私は八歳か。まだ、エリィと出会う前だ。

「何故、護衛騎士に?」

十四歳で騎士学校を卒業し、騎士団へ入団。それだけでも、かなり早い方だ。そこから更にたった二年で近衛になり、護衛騎士だ。

相当な資質があるか、それだけ鍛錬を積んでいるのか。どちらにせよ、非凡な才能だ。

「壊し、殺す剣ではなく、守る為に剣を振るいたいと思いまして」

少しだけ照れたように微笑んで言ったノエルに、私は軽く首を傾げた。

「守る為?」

「はい。臆病者よとお思いになられるかもしれませんが」

「いや。そんな事はない」

実際、『守る』という事は、『壊す』事の数倍難しい。

壊すのではなく、守る。言葉だけ聞けば、騎士を目指す者なら特に、臆病と揶揄する者もいるのかもしれない。

だが、それが言うほど楽ではない事は、どれくらいの者が理解できるだろうか。

『守る』という事は、『それを破壊しようとする者以上の力を持たねば為し得ない』のだ。言葉だけなら穏やかな響きすらあるかもしれないが、易々とそれを口にする者たちは、その本質を理解しているのだろうか？

「君は、中々難しいものを目指すのだな」

「そうですね。仰る通りです」

微笑んで頷いた彼を見て、中々見どころのある人物だと感じた。

専属護衛騎士という立場は、騎士たちの中でも一目置かれる。その『名前』や『栄誉』を求める者もいる。ただその手合いは、信頼しきる事が出来ない。

当然だ。

私たちは彼らに、命を預けるのだから。

栄誉だの何だのを求める連中に、それは出来ない。

私の専属とするには、彼は少し年が離れすぎているだろうか。しかし、それでも構わないのではないだろうか。

そんな事を考え、決まらぬまま、時だけが流れた。

ノエルは常にそこに居る。居る事を忘れてしまう程に、存在感を消している。

時折、隠密になった方が良いのでは？　と思ってしまうが、隠密は『殺す』為の力だ。ノエルの求めるものではない。


ある日、エリィが騎士の鍛錬を見てみたいと言い出した。

絶妙な鈍臭さがあるエリィだ。心配だったので、私も共について行く事にした。

騎士たちが鍛錬している修練場に着くと、案内役の騎士に安全に見学できる場所へ連れて行ってもらった。

騎士たちが模造剣でダミーを斬りつけている。

エリィはそれを「ほへぇ……」などと意味の分からない言葉を漏らしながら眺めている。

私たちが見学している事に、一人の少年が気付いた。こちらへと駆け寄ってくる少年に、私は心の中で溜息をついた。

あれは、第一騎士団長の息子だ。

騎士団長から、「どうぞ殿下の剣とでも、盾とでもしてやってください」と押し付けられそうになり、その場は適当に誤魔化して流しておいたのだ。

あちらが純粋な厚意で申し出てくれているだけに、邪険にし辛い面倒臭さがある。

ゆくゆくは私の専属筆頭としてくれ、というのだろう。

「殿下！」

まるでボールを見つけた犬のように駆け寄ってくると、私の前に膝を付いた。

「モリス・サンディル、参じましてございます！」

いや、呼んでない。

どうしようか、こいつ……。

エリィがその光景を不思議そうに見て、私の耳元にこそっと言った。

「お呼びになられたのですか？」

「……いや。勝手に走って来ただけだな」

私もエリィにだけ聞こえる程度の声で答えると、エリィが「あらぁ～……」と気の抜けた声を上げた。

勝手にやってきて勝手に膝を折っていたサンディルは、勝手に頭を上げて立ち上がった。どこまでも勝手である。

サンディルは本来ならここに入れるような資格がない。けれど、自己鍛錬の為とか何とかで、騎士団長が連れてきているらしい。服務規程違反スレスレだ。

特に悪意もないし、周囲からの苦情などもないようなので見逃しているが。

「こちらのご令嬢は？」

エリィと私を交互に見て尋ねたサンディルに、エリィが名乗ろうとしたのを手で制する。

特に名乗ってやる必要もなかろうよ。

「私の客人だ。君はここで何を？」

「はっ！　鍛錬をいたしておりました！　いずれ殿下をお守りする剣となる為に！」

まあ、希望を持つのは自由だ。

それに、近衛や護衛でなくとも、広義では全ての騎士は『私（王）を守る』ものだろう。

しかし、私を守る『剣』か……。ノエルであったなら恐らく、私を守る『盾』となると言うだろう。

「えー……と、サンディル、様？」

でしたっけ？　と語尾が聞こえるようだ。

大丈夫、合ってるよ、とエリィに頷いて見せれば、エリィが少しほっとしたような顔をした。

「サンディル様は、護衛騎士になりたいのですか？」

「はい！　殿下の護衛となります！」

何故、確定しているかのように言うのか。特にそんな事は定めていないのだが。

あと、声が煩い。

「そうですか……。殿下の……」

エリィが頷いているが、やめて欲しい。まだそんな事は一切決まっていないのだから。

「サンディル様は、護衛騎士となる為に、何が一番必要かと考えられます？」

「強さです！」

即答、という間で、サンディルが答えた。

だから、煩い。

「そうですか。不躾な質問に答えていただき、ありがとうございました」

深々と礼をしたエリィに、サンディルも「いえ！」と返事をしている。

どうでもいいが、こいつは本当に何をしに来たのだろうか。

「サンディル、君は鍛錬をしているのではないのか？」

いつまでここに居る気か、と言外に問うてみたが、サンディルは「その通りです！」とだけ答え動く気配がない。エリィが小声で「あらぁ～……」と呆れたように呟いている。完全に出来ない子を見る目だ。

本当に、どうしてくれようかこいつ……。

そう思っていると、エリィがすっと立ち上がった。

「殿下、騎士の皆様のお邪魔になるといけませんから、これで失礼いたしましょうか」

「……そうだね」

エリィに気を遣わせてしまった。情けない。


予定より大分早く見学を切り上げ、余った時間で庭園で休憩する事にした。

「まだ子供なので、仕方ない……といったところでしょうかね……」

紅茶を一口飲み、ふー……と溜息と共に呟かれた言葉に、私は苦笑してしまった。

「どうだろうな？　彼は一応、私と同い年なのだが……」

「殿下を基準にされては、他の子らが立つ瀬がございませんでしょうけれど」

ふふっと笑うエリィに、中々私は買ってもらっているのだな、と笑ってしまう。

「ですが彼は……」

エリィは何か考えるように言葉を切ると、周囲をぐるっと見回した。

今日も今日とて、周囲には護衛の騎士たちが立っている。配置もしっかり型通りだ。

「護衛には、なれませんでしょうね」

きっぱりと言ったエリィに、私は軽く首を傾げた。

「私もそれはそう思うが……。エリザベス嬢は何故、そう思ったのだ？」

尋ねると、エリィはにこっと笑った。そして「私見でございますが」と前置きした。

「護衛とは『強さ』を第一義としないからです」

ああ、そうだ。確かにそうだ。

ノエルもそう言っていた。

「確かに護衛騎士の方々はお強いのでしょう。王族の方々をお守りするのですから、弱くては話にならないでしょう。ですが……こちらにいらっしゃる彼らからは、恐らくサンディル様が求めていらっしゃるであろう『強さ』を感じません」

「彼の求める『強さ』とは？」

「ただ単純な、純粋な『武力』という意味の『強さ』でしょうね。あの手合いは」

僅かに呆れたように笑ったエリィに、私も同意した。

恐らくその通りだろう。

ただ、サンディルはきっと、それ以外の『強さ』がある事を知らないのではなかろうか。

「そうかもしれません。ですが、『ただ強ければいい』『強ければ守れる』などと考えている人間は、きっとどこかで折れます」

パキッと、などと言いながらエリィは、小枝か何かを折るようなジェスチャーをしてみせる。

「折れる」

「はい。強く、強く……と、それを求める事が悪いとは言いません。ですが、ただ『強く』では、凝り固まって、硬くなってしまうと思うのです」

「そして、折れる……と」

「はい。硬いものほど、折れる時はパキッといきますでしょう?」

確かに。

一つの思考に凝り固まってしまった者は、それが否定された時に心が折れてしまうだろう。言われてみれば確かに、サンディルにはそういう危うさがある。

「彼を殿下の護衛にとお考えでしたか?」

首を傾げるエリィに、私は素直に「いや」と否定した。

「むしろ、そう言って押し付けられて困っていたのだ」

「そうでしたか。……確かに彼は、少々扱いに困りますね」

「ああ。彼が悪い人間ではないから、余計にな」

そう。サンディルは悪い人間ではない。むしろ、素直な少年だ。……声がでかいのが難点だが。

それにあの腹芸の一つも出来なそうな少年に、将来王族の警護など任せても良いのだろうか。市中の警邏などの方が合っているのではなかろうか。

実直で素直であるという点は、間違いなく美徳であるし、それを良しとする場は多くある。きっと、そういう場の方が合っている。

「護衛騎士という方々は、ただ強くあれば良いだけでなく、それなりの頭脳の優秀さなども必要なのでは？」

「それは当然だな」

頷いて見せると、エリィも納得したように頷いた。

「そうですよね。ならば余計に、彼には難しいのでは？」

何故、と問うと、エリィは苦笑した。

「鍛錬に戻れ、という殿下のお言葉を、全く理解されないのですから」

その言葉に、思わず小さく噴き出してしまった。

「全くだな。あそこまで通じないとは思わなかった」

「むしろ清々しい思いですね」

エリィは頷くと、苦笑しつつ小さく息をついた。

「それに彼からは、そこはかとない脳筋の香りがいたしますから……」

聞いた事のない単語が出てきた。

「ノウキン？」

「あ、俗語、でございます。『脳味噌まで筋肉』、略して脳筋」

「それはまた……。えらく的を射た言葉があるものだな……」

「そうですね。便利な言葉です」

何故エリィがそんな言葉を知っているのかなどは、とりあえず突っ込まないでおいた。

しかし、私の専属筆頭が決まらぬ限り、あの脳筋少年が私の護衛になろうと頑張り続けてしまう。

それは鬱陶し……いや、彼の将来の為にもならない。

「エリザベス嬢は、自身の専属護衛を選ぶとしたなら、何を基準に選ぶかな？」

ふと思い立って尋ねてみた。

いずれ婚姻が成れば、彼女にも専属の護衛を付けねばならないのだ。

「私ですか……。そうですね……」

エリィは僅かに考えると、にこっと笑った。

「どれ程の間違いがあろうとも、私を背後から刺すような事のなさそうな者を選びます」

またそれは、何とも苛烈な……。

少々驚いてしまった私に、エリィはにこにこ笑いつつ言った。

「まあ、要は信頼できる者、でしょうね。……ですが殿下の場合、軍閥のバランスなども考えねばなりませんか？」

「まあ、それは多少はそうだな。とはいえ、軍部の掌握自体は別方向からでも可能だから、然程《さほど》の問題でもない」

「では問題とは？」

エリィは単に興味で尋ねているのだろうが、私としては尋問でもされているようだ。

しかしまあ、それもいいだろう。

「年齢……だろうか」

実際、ずっとそこに引っかかっているのだ。

「年齢、ですか？」

「細かい決まりなどはないのだが。なるべく、護衛対象と騎士は年の近い者が良いとされている」

「何故？」

不思議そうに問うエリィに、その関係が生涯に渡るものであるからだとか、そういった話をした。

それでもエリィは首を傾げている。

「そうは仰られても、騎士様ですから、いつ何時《なんどき》、剣を持てなくなってもおかしくはありませんよね？　たとえそれが、護衛対象より年下の方だったとしても」

ああ、そうだ。その通りだ。

「年齢などに囚われず、殿下が心から信頼できる方を選抜なされば良いのではありませんか？

……流石に、七十、八十のご老体の方では難しいでしょうが」

いや、流石にそれはない。

エリィに背を押してもらう形で、私はその後、ノエルを専属筆頭として選んだ。

エリィのおかげで良い選択が出来たので、とても感謝している。本人に言ったらどうせまた「ほ

「へぇ……」などと意味の分からない呟きを漏らすのだろうが。

名門侯爵家の次男ではあるが、本人は騎士爵（準貴族位）だ。それに箔を付ける為にと、シモンズ侯が所有している爵位の子爵をノエルに譲った。

現在彼は、ノエル・グレイ子爵である。

領地もあげるよ？　と侯爵に軽く言われたらしいが、管理も出来ないので断りました、とノエルは笑っていた。


エリィと婚約して、五年。その間、私はあまり公の場にエリィを伴った事がない。

エリィが未だ幼く、教育の途上にあるので……などと言い訳をしている。まあ、嘘なのだが。

驚く事に、エリィの教育は殆どが終了している。……ダンスレッスンだけは、特に進捗《しんちょく》が見られないが。未だにステップの途中で足を挫いたり、パートナーの足を踏みつけたり、蹴りつけたりしている。

まあそれは仕方ない。エリィなのだから。

私の足に少し痣が出来る程度の問題だ。とても情けない顔で何度もぺこぺこ謝るエリィも可愛いので、痛みは全く気にならない。

公爵家にお願いし、小さな茶会などには出席するとしても、大きな茶会や夜会などには出席させていない。

それ程に外に出す事に難のある娘なのだろうか、などと囁く者がいる事は知っている。将来の国母となられるのに……と、憂えると同時に心配する者もある。

それらの人々を、零した言葉を、今は記録している最中だ。

真に国の未来を憂える者は良い。彼らはエリィを知れば黙らざるを得ない。そうでない者——心配する振りをして、我欲を満たそうとする者は、これから長い時間をかけて、政治の表舞台から静かに退場を願う予定だ。

幾らでも代わりの居そうな歯車に、代わりの効《き》かないエリィの足枷になどなられては堪らない。

私とエリィの『不仲説』とやらもあるらしい。

報告を聞いて、余りにくだらなくて笑いも出なかった。

不仲であって欲しいものが居るのだろう。

私を、エリィを、そして王族を、侮る人物が炙り出されている。

レナード・アーネスト侯爵令息も、その手合いだ。

アーネスト侯爵自身は特に何の問題もない。彼は内務大臣の地位におり、不正なども見られない。

……尤も、特に仕事が出来るという事もないのだが。

レナードは次男で兄がおり、その兄が非常に優秀なのだ。既にスタインフォード校を卒業しており、現在は十八歳で内務局に勤務している。今は一介の職員でしかないが、恐らく来年の春には昇進している事だろう。

その兄と比較されて育って来たらしく、中々に屈曲している。

承認欲求が非常に強く、褒めると調子に乗るし、間違いを指摘すると不貞腐れる、非常に扱い辛い少年だ。

……こんなのを、どうして片腕などに出来ようか……。差し出すなら、兄の方を差し出して欲しかった。

それを御してこそなのでは？　とロバートに笑われたが、ならばお前が御してみせろと言ってやったら黙った。

己が出来ぬ（やりたくない）事を、他人に押し付けるものではない。

それにアレを側近としたならば、お前たちもほぼ毎日アレと顔を突き合わせる事になるのだぞ？　と続けたら、ロバートだけでなくポールも嫌そうに黙ってしまった。

レナードの無意識で無自覚な周囲への蔑みは、傍に居るだけで辟易するものなのだ。

ただ、彼を侯爵へ突き返すには、現状大きな理由がない。

彼に任せている仕事が余りに簡単なものである為、これと言ったミスもない。ならば大きな仕事を任せたらいいかというと、信用もしていない者にそれは出来ない。

さて、どうするか……と考え、エリィに何とかしてもらおうかな、と思い付いたのだ。

スタインフォードを受験する事に決まってしまって、エリィは暇さえあれば図書室へ通っている。論文のネタを探しているらしい。ただ好きな分野の学術論文であれば、エリィなら幾らでも書き上げられるだろう。けれど、受験用の論文のテーマは『学びたい事』だ。

それはつまり、エリィが王妃となって何を為したいか、とほぼ同義だ。

エリィが何を書き上げるのか、彼女が将来に何を描いているのか、私も非常に楽しみにしている。

そういう理由でよく図書室に出没するエリィに、レナードをぶつけてみようかと思ったのだ。

他者を自然と下に見ようとする傾向のあるレナードなので、念のため、エリィにはノエルを護衛として貸し出す事にした。

私の専属護衛筆頭だ。彼が傍に控えるとはつまり、その者が私の庇護下にあるのだという証になる。

さて、レナードは何をしてくれるかな?


釣りは待つのも楽しみの内、というが、仕掛けてたった三日で結果が出てしまった。食いつきが良すぎて、楽しむより呆れた。

早いのは良い事なのだが、早すぎないだろうか。

本当にあのレナードという少年は、他者に噛み付かねば気が済まないらしい。恐らくエリィならこう言うだろう。『噛み付かないと死んでしまう病にでもかかっているのでしょう』と。

やらかしてくれたレナードを呼び、彼が何をやらかしたかの説明をし、側近候補から外れてもらう旨を伝えた。

彼は終始、血の気の引いた顔で俯いていた。

さてこれで、周囲から勝手に押し付けられた『側近候補』という名の羽虫の処理は終えた。

四人目の側近として、我が従兄弟《いとこ》であるオーチャード侯爵子息ヘンドリックを迎え、終了だ。

……本当は、四人目としては、エリィの兄であるエルリック・マクナガンを考えていた。打診したら恐ろしい速さで断られた。やはりマクナガン公爵家はよく分からない。

エルリックが打診を断った事に関して、後にエリィから謝罪があった。

曰く「私以外の人間に侍るなど、ありえない……と。……申し訳ありません。兄は頭の中が腐っているのです。ちょっとしたド変態なのです」だそうだが……。

『ちょっとしたド変態』とは、一体……。一言で矛盾するというのも、何だか凄い。

公爵からも「あれは妹至上主義の、手の付けられない阿呆でして……。能力だけは高いのがまた、如何《いかん》とも し難いのです……」と言われた。

マクナガン公爵家の謎は、深まるばかりである。

ともあれ、身辺の問題が一つすっきりした。

私はとても清々しい気持ちで、エリィとの茶会へ向かうのだった。

幕間　エリちゃん、きょうの数時間クッキング・ビギナーズ

♪たららった・たたたん！　たららった・たたたん！　たららった・たたたたたたったったん！　たったん！（おもちゃの兵隊の観兵式のメロディーでどうぞ）
みなさん、こんにちは。エリちゃん、きょうの数時間クッキング・ビギナーズのお時間です。
……は？　色々混ざってる？　気のせいじゃね？　そんじゃついでに、どっかに『おしゃべり』も追加しとくか？

先日、奇跡の無味無臭・超硬クッキーを製作した訳だが。

声を大にして言いたい。

私は！　決して料理が出来ない訳ではない‼

いや、マジでマジで。

つうか前世、フツーに自分と家族の食事作ってたし。それが不味かったって事は特にないし。

まあ失敗はね、たまにはしますけどね。……おでん鍋、火にかけっ放しだったの忘れてて、読書に没頭しちゃった時はヤバかった。鍋ん中で大根が消し炭みたいになってた。火事になんなくて良かった……。

まあそういう失敗はあるが、「お砂糖とお塩、間違えちゃったみた～い☆」だとか、「いやぁ～ん

☆ハンバーグ、中が生だったわ〜！」だとかはない。ひき肉料理は食中毒が怖いので、むしろカッチカチのパッサパサになる勢いで火を通すからだ。家族と外で食事をしハンバーグをオーダーした際に、一口食べた瞬間「柔らかい……！」と言われ、言いたい事はハッキリ言えよ、おぉん？と思ったものだ。

そんな決して料理が出来ない訳ではない私が、何故クッキーを謎硬度に仕上げてしまったかというと、考えられる理由は一つだ。

私は『料理は作るが、菓子は作らない』人間だったからだ！

いやほら……、お菓子って、レシピ通りにやればまず失敗しない類のモノじゃん？　でもそのレシピがさ……。砂糖◯グラム、小麦粉◯グラム、バター◯グラム、牛乳◯cc、はちみつ大さじ◯杯……って、きっちり決まってるじゃん？　◯度に予熱したオーブンで◯分、とか。

で、その通りにやらないと、想定通りに仕上がらないじゃん？

その『きっちり感』が面倒だったのよぉ‼　分かる⁉　誰か分かってくれる⁉

それに比べて、料理のレシピのざっくり感は素晴らしい。

塩『適量』とか、『ひたひたになるまで』水を入れるとか、『中火で10分から15分』とか、色々ファジーよ。『強めの中火』と『弱めの強火』って、イコールなのか？　それとも、弱めの強火の方が強いのか？　そんな事も分からないくらいファジー！

全部感覚で、全部何となくでＯＫ！

そしてそうやって全部「何となく」でやって来たので、我が家には『調理用はかり』というものが存在しなかった。計量スプーンも大さじくんを残し、他二つは何処かへ失踪していた。すり切り棒くんも何処へ行ってしまったのだろうか……。

「でも料理だって、ある程度はきっちりやらんと失敗しますよ」

菓子がダメなら、料理をさせてくれぇ！　と直談判に向かった我が家の厨房で、どこからか持ってきたスツールに向かい合わせに座った料理長が言う。

「だから『ある程度』で大丈夫な訳でしょ。一から十までキチッ！　キチッ！　じゃないでしょ？」

「まあそうですが。……お嬢様が言うと、なーんかどっか不安なんだよなぁ……」

おう、失礼だな。

我が家の使用人というのは、ここに至るまでの経歴が不思議な者が多い。

元・国の秘密部隊所属だったり、元暗殺者だったり、元他国の諜報部員だったり、元他国の武器開発部所属だったり……と様々だ。

その謎経歴の持ち主が多い中で、この料理長はとても普通だ。

我が家に来る前は、ウチの領の高級ホテルの料理長だった人物だ。

高級ホテルで腕を揮《ふる》っていたのだが、そのホテルの支配人との間で『料理に対する方向性の違い』とやらが出たらしく、職を辞したのだそうだ。

『料理に対する方向性の違い』って……。まるで音楽ユニットの解散の理由のようじゃないか……。

彼らの語る『音楽性の違い』もよく分からない事が多々あるが、料理長と支配人の『方向性の違い』は分からないというより、クソどうでも良すぎて真顔になるレベルだ。

それは、『サラダにチーズをかけるか否か』というだけの話だったからだ。

……クッソどーでもいい。かかってようがかかってなかろうが、どっちでもいい。多分、どっちであってても問題なく美味いだろうし。極論だが、新鮮であれば何もかかってなくとも野菜は美味いし。

しかし料理長にも支配人にも、その一点はどうにも譲れない話だったらしい。すさまじく意味分からん。

料理長は『絶対必要』派だ。支配人は『絶対要らん』派。

この二人の抗争は、ホテル全体を巻き込む――ワケがなく、二人を除いた全従業員のシラーっとした視線を感じつつも、互いに譲れず争い合っていたそうだ。

……白けた視線を感じたんなら、そこでやめようよ……。何で続けたんだよ……。支配人もだけども。

「絶対に負けられない戦いが、そこにあったからです‼」と料理長は言うが、……あんた、負けてるからね？　ホテル退職してる時点で、支配人の勝ちだからね？

まあ、そんな戦いの末、彼は職を辞したのだそうだ。

貴族や大金持ちを相手にしていたホテルの料理長だ。場末の酒場などで作るには、料理が上品すぎる。

大衆的な料理も、そりゃ作れる。けれど彼は、己の技術を存分に発揮したかったのだそうだ。

そしてその一連の話が私の父の耳に入り、「そんじゃウチおいでー」という事になったらしい。

ちなみに、我が家の食卓に出てくるサラダには、チーズはかかっていない。辞職する程の争いは、何だったんだ⁉

更に余談になるが、現在、そのホテルで供されるサラダは、「上にチーズをかけるかどうか」を客に選んでもらうらしい。

マジで何で、一人辞めた後に完璧な折衷案が実践されてんだよ‼

……辞職の経緯はアレでナニ過ぎるが、腕は確かだ。毎日美味しいゴハンをありがとう。

その料理長が、難しそうな顔で「うーん……」と唸っている。

「お嬢様、確かに、手際は悪くないいんだよなぁ……」

「こう見えて、手先は器用だから」

まだ十一歳なので、おててはちっちゃいのだが。ついでに非力だが。

先日の謎クッキー作製の際、料理長は一応『監督係』として厨房で作業を見守っていたのだ。火を使うからね。危ないからね。

材料、手順、どれも間違いはない、と彼も知っている。

「なんであんな、石みたいになっちまったんでしょうねぇ……？」

こっちが聞きたいくらいだが。

「火加減なんかは、私が確認しましたしねぇ」

のんびりとした口調で言うのは、洗濯メイドのアンナだ。

彼女は我がマクナガン公爵領の孤児院出身で、その孤児院では全ての家事を全員で交代制で行うのだ。なので、料理・洗濯・掃除……などは、一通り人並み以上に出来る。中でもアンナは菓子作りが好きだったそうで、好きが高じて得意になったのだそうだ。

では何故、料理人ではなく、洗濯メイドなのかというと。

アンナの作るお菓子は、所謂『ご家庭でも簡単に作れるお菓子』ばかりだからだ。料理長や菓子職人が作るような繊細な飴細工だとか、見た目も美しいケーキだとかは、彼女のレシピにはない。アンナが得意としているのは、素朴なバタークッキーや、パウンドケーキや、スコーンなどだ。大体全部、茶色い菓子だ。

その『素朴で簡単なクッキー』を、彼女と一緒に作ったのだ。

そう。

素朴で簡単なのだ。

実際、手順としては『混ぜて、型を抜いて、焼く』というだけだ。簡単だ。

ただ、この世界にはまだ『電気』という発明はない。電気オーブンではなく、『石造りの窯』だ。本格的なピザ屋さんなんかにあるアレだ。

その火加減なんかは、流石に私ではよく分からない。二五〇度に設定し、予熱ボタンをポチ、なら出来るんだが……。

なので、窯の作業は全てアンナにお任せした。

私がこねこねして型を抜いたクッキーと、アンナが同様に『手本』として一緒に作ったクッキー。

それを両方とも窯にぶち込んだのだが、焼き上がりはあの通りだ。

しかも、アンナの方はきちんとサックリ美味しく仕上がっていたのだ！

解せねぇ！　解せねぇよ‼　何が違ったんだよ！

「やはりお嬢様は、特別な能力をお持ちなんですよぉ」

楽し気に笑いつつアンナが言うが。

「……そんな能力、要らないんだけど……」

マジで要らねえし、何の役に立つのかも分からん。

おお、神よ！　これが世に言う『転生時に授かったチート能力』だとでも言うのか！

……いや、少なくとも『チート』ではねぇな。クッキーが硬くなる事によって、人生におけるアドバンテージがどれ程あるというのか。食材があれば武器の生成が可能！　とでも言う気か。

そもそも、クッキーを焼ける状態であるならば、生物にとって畏怖すべき武器『火』はそこにある事になるのだが。

神よ！　何故……‼

余談であるが、あの超硬クッキーを「武器になるんじゃね？」と元秘密部隊所属が言い出した。

元暗殺者も「出来なくはなさそう」と頷いた。そして結果として、『投げナイフ風クッキー』が完成していた……。

完成さすな。

スゲー！　めっちゃ刺さる！　て爆笑してたけど。

「でも、考えたのよ……」

そう、私は考えたのだ。

人間は考える葦だ。考える事をやめてはならない。

「『焼く』っていう工程が、悪いのかもしれないじゃない……？」

硬くなる。それはつまり、素材から水分が抜けてしまうからだ。

ならば煮物ならどうだ⁉　お野菜がくったくたに煮込まれた、ポトフやシチューなどならば。

「まさか、シチューの玉ねぎがかっちかちになったりはしないと思うのよ」

「なったら面白いですね！」

おい、良い笑顔だな、アンナ‼

「シチュー自体がカッチカチになる可能性はあるんじゃないですかね……？」

料理長、それは何がどうなるとそうなると言うんだ？

「カッチカチのシチュー！　食べてみたい！」

だから、アンナさんよ……。


という訳で、シチューを作ることになった。

野菜をブイヨンで煮込み、ワインや塩などで味付けをするブラウンシチューというヤツだ。

野菜の皮むきなどは料理長がやってくれた。あと、巨大な牛の肉塊を一口大にする作業も。

前世と違って『カレー・シチュー用牛肉』なんてないからね。あとついでに、巨大な塊は筋なんかもがっつりあるから、刃を入れる場所を知らないと、無駄に苦労するしね。

料理長がざっくりと下ごしらえしてくれた食材を、料理長監修の下、私とアンナとで刻んだり薄切りにしたり、ざく切りにしたりしていく。

それらを鍋にぶち込み、バターをガツンとぶち込み炒める。

料理長は私の作業を、真剣な眼差しで見守っている。

私が怪我をしてはならない……とかではなく、カッチカチになる事を恐れての監視だ。何だろう……、涙が出てくるね……。玉ねぎのせいかしら……。

ブイヨンやら調味料やらの分量は、やはり料理長がきっちりと計量してくれた。

まあ、シチューなんて『野菜いためて、水入れて、具材に火が通ったらルゥ入れて、牛乳入れて……』程度の作り方しか知らない私だ。料理長がきっちりやってくれるのは有難い。

ほぼ同じ工程でシチューのルゥではなくカレールゥをぶち込めばカレーが出来るのだから、固形ルゥという存在は素晴らしい。しかもお味も均一。食品メーカーには感謝しかない。

その『固形ルゥ』が存在しない世界だ。一から全部、手作業だ。

ご家庭でお馴染みのホワイトシチューすら、ルゥがなければ面倒くさい。作れるけれど、面倒くさい。大体ちょっと、ホワイトソースが焦げるし。どっかにダマ残るし。

料理長監修の下、「あとはこのまま、二時間煮込みます」というところまで完成した。

……圧力なべとか、作れないかな。あれさえあれば、二時間がぐっと短縮されるんだけどな……。


夕食時、私の作ったシチューが食卓に並んだ。

「エリィが作ったのかぁ……」

お父様、その微妙な笑顔は何ですか？

「どれが硬いのかしら～」

何をワクワクしておられるのです、お母様。

愛娘の初めての料理って、もっとこう「わぁ！　すごーい！　上手だねー‼」みたいにチヤホヤされるもんじゃね⁉　両親そろっての、この何とも言えん反応よ！

「では、いただいてみるかな……」

だから父よ。何故、溜息混じりなのですか？

あと給仕の使用人だとか、侍従・侍女諸君よ。ワクワクしながら見守るのはやめたまえ。私の繊細な心がちょっぴり痛いじゃないか。

皿からシチューを掬い上げ一口食した父は、暫く味わった後で、私を見てつまらなそうな顔をした。

「普通にそれなりに美味いじゃないか」

「……お父様、それは褒めてらっしゃるんでしょうか……？」

「少なくとも、貶してはいないな」

まあ確かに、『美味い』とはっきり言ってはいる。ただ、その前に『普通に』『それなりに』と引っかかる語句がある。

「あらぁ～、美味しいわ～。上手に出来たわねぇ、エリィちゃん」

「ありがとうございます」

お母様には素直に褒めていただいた。

……が、ぶっちゃけて言うと、『私が作った』という感はほぼない。

だって、料理長が全部用意してくれたのをさ、切って炒めて煮込んだだけだよ！　味付けだって、既に分量に取られた調味料を入れるだけ！　不味くなりようがないんだよね。

で、そうやって上げ膳据え膳で用意してもらっちゃってるから、『自分でやった感』は全くない。

二時間以上もじっくりコトコトしたもんだから、当然、硬い具材なぞ存在しない。

成功はしたけれど、……何か釈然としない。

もっとこう！

私自身の手で作ったという実感を！

……余談だが、私の作ったシチューは本当に可もなく不可もない味で、『普通に美味い』と評する以外にないカンジだった。

数日後。

今度こそ、胸を張って『私が作った』と言える料理を！　と意気込んで、三度《みたび》厨房にお邪魔した。

これこれこういう事で、『自分でやった』という実感が欲しいのだ、と料理長を説得し、何とかもう一度シチューを作らせてもらえる事になった。

……まあ、肉塊の処理はやっぱり、料理長にお任せしたけどね。あれはムリだ。包丁からして、刃の分厚いほぼ武器みたいなヤツなんだもん。料理長も「扱いを心得ないと危険ですので」と触らせてくれなかった。ごもっとも。

そして、計量はしないが、使用する調味料の類だけは用意してくれた。

前回一度やっているのだ。そしてその前回から、さして間も空いていない。

イケる！　イケるぞぉ‼

前回がマトモでガッカリしていた使用人どもよ！　刮目して見よ！　私は決して、料理が出来ない訳ではないのだ‼

フッ……。フハハハ……、ハーッハッハッハッハッ‼


その日の夕食のシチューを一口食した父の発した言葉は「良く言えば、『素材の味』。正直に言えば、味がない」だった……。

父の言う通りで、何というか『味をつけ忘れた肉じゃが』みたいな代物が出来上がったのだ。

いや、ちょっと言い訳させて！

厨房でアレコレやってた訳だけども、その間中、料理長が隣でずっと顔芸してんだもん！　私がお塩入れたりなんだったりする度、笑顔で頷いたり、「あぁ～‼」みたいな顔したりしてんだもん！

あんなの、気が散るに決まってんじゃん！

料理長に「気が散るから……」て言ったら、今度は厨房の入り口の物陰で、やっぱ同じ顔芸してるしさぁ！　だから、気が散るんだってばよ‼

家族三人で食べきれる量ではなかったので、ワクワクしている使用人たちにも振舞った。『家族三人』という部分に違和感を持った諸兄も居られるかもしれない。だが問題ない。我が家はほぼ三人家族だ。

そして使用人たちの感想は以下の通りだ。

「味がねぇ」

「味がないから、美味しいも不味いも言いようがない」

「柔らかくていいと思います！」

「一週間くらい飲まず食わずでヘロヘロな時なら、多分スゲー美味い」

「優しいお味でございますね」

「軍の携行食に比べましたら、温かく美味でございます」

「ドンマイで～す」

等々……。

これ以降、私の厨房の立ち入り禁止が、我が家の最高権力者である父によって言い渡された。

すっかり『出来ない子』のレッテルを貼られてしまった……。

受けた屈辱は、倍にして返すのが礼儀。

覚えておけよ、貴様ら……!!

第6話　世界の中心で「イヤァアァ!!」と叫んだエリザベス

受験という長いトンネルを抜けると、春だった。

やったよぉ～!!　やりきったよぉ～!!

机にかじりつく事数か月。無事に論文も上げ、スタインフォード校の受験票をもぎ取り、筆記試験も何とか終え、そして遂に!!

合格通知がやって来ました～～～!!!!

ご・う・か・く!!　ヒュ～♪　春だぜ！　春・爛漫だぜ!!　サクラサク！　いや、この国、桜ないけども！

試験前のあの独特な閉塞感のある空気の期間が、実に一年以上続くというプチ地獄から脱出ですよ！

十歳で殿下から受験の話を聞いて、準備を始めて、去年は丸々一年間、論文作成に費やした。おかげで部屋がピカピカだ。……ええ、現実逃避に部屋を掃除し始めるタイプですが、何か？

ともかくだ。

エリちゃん十二歳。五月からスタインフォード王立学院の一年生になりまぁっす！

あ、殿下？　当然のように合格ですよ。合格に浮かれる私を、にこにこと微笑んで眺めておられましたよ。殿下ったら、余っ裕～！

超名門にして超難関、スタインフォード校のお受験。聞きしに勝るものでしたよ……。

まず入学願書を取り寄せると、分厚い小包が届いた。しかも重い。何でやねん、と思いつつ開けてみると、願書の他に三十枚綴りのレポート用紙が三冊。

はい、もうお分かりですね！　例の論文執筆用です！　スタインフォード校の校名と校章が印刷された用紙だ。それに最低でも三十枚書け、と。願書と一緒に入っていた紙に、レポート用紙が足りなかった場合の請求先も書かれていましたよ……。この用紙に書かれた物以外は受け取らないらしい。

当然、未発表の論文に限る。

体裁なども決まっていて、その説明も同封されていた。

入試に際する諸注意のような冊子も入っていて、それを読んでみたらば、どうやらレポートは最終提出期限以前ならいつ提出しても良いらしい。つまり、年中受け付けているという事だ。

そして受験資格を得られたならば、その資格は取得年度から三年間有効となるそうだ。つまり、資格だけ取っておいて、受験自体は来年……なども可能。

これもしや、殿下は既に受験資格取ってるヤツでは？　と思い、殿下に尋ねてみた。

答えは案の定。

殿下は本当に、後はただ『私待ち』の状態だった。

今資格を持っていて、三年間有効。つまり、私に課せられているのは、三年以内の資格取得だ。

やるっきゃねぇ‼　お忙しい殿下に資格取り消しなど、させちゃなんねぇ‼

そんなこんなで、エリちゃんの十一歳は灰色でした……。お受験（というより論文作成）一色でしたよ……。

殿下よ、我に力を……‼　その優秀な頭脳のご利益《おこぼれ》を……‼

験《げん》を担ごうと、十歳の誕生日に殿下に頂いた万年筆で論文を清書した。

祈りが神（いや、殿下か？）に通じたのか、論文を提出した一か月後に、受験資格取得の通知が届いた。

小躍りした。そしてコケた。捻挫は全治四日だった。

殿下と一緒に受験申請をし、受験当日は一緒に王家の馬車で校門へ乗りつけた。これで落ちたら爆笑モノだ。周囲がざわ付いていたが、緊張でそれどころではなかった。

隣で殿下がやたら甲斐甲斐しく世話をやいてくれていた。殿下、年を経る毎に過保護になるのは、何故なのですか……？

私と殿下は、警護の関係上、一般の受験生とは隔離されての試験となった。しかしそのおかげで、逆に緊張が解けた。

狭いお部屋に、殿下と私と護衛騎士のお兄さんたちと試験官の先生のみ。先生以外は知った顔！やったぜ、権力万歳！

昼休憩には、護衛のお兄さんたちも交えて、王宮から差し入れられたお弁当でリラックスタイムでしたよ。王宮の料理人の皆さん！　いつも美味しいお菓子や軽食、ありがとうございます！

そんな訳で、試験自体はのびのびと受ける事が出来た。

現在は三月だ。五月の一週目に入学式がある。それまでは春休み気分でるんたるんた♪していられる。

私は寮には入らない。

こんなアレだが一応『国の要人』なので、警護の関係上、通いである。殿下も当然、自宅通学（と言うのかどうか……）組だ。

……言っておいて何だが、違和感スゲェな。『殿下の自宅通学』……。

寮生活も少し楽しそうなのだが、そんな下らない我儘で護衛のお兄さんたちを振り回してはいけない。

女子寮なら私に最も不足している『女子力』を補えるかと思ったが、それは友人などを作って補おう。


今日は我が家で、『エリィちゃん合格おめでとうパーティー』が開催される。命名は母だ。

参加者は我が家の家族一同、そして使用人たち全員である。

……実は、兄も同時に合格している。誰も兄の合格に触れていないのだが……。そして兄自身も、それを全く気にした風もないのだが。それでいいのだろうか……。

殿下にお話ししたら参加したがっておられたが、出ても特に楽しい事もないと思いますよ？

殿下は今日の夜は、友好国の大使が来訪しておられるので、そのお相手をしなければならないらしい。お勤め、ご苦労様です！　大使の来訪が一週間早いか遅いかしてくれれば……、と舌打ちしておられたが、聞かなかった事にしておこう。


「エリィ、合格おめでとう」

「エリィちゃん、おめでとう～」

ぱちぱちと手を叩きながら祝ってくれる両親に、ぺこりと頭を下げる。

「ありがとうございます、お父様、お母様」

「私たちからの合格祝いだ」

執事のトーマスが大きな箱を持ってきてくれた。これは中身は服だな。

「エリィちゃんが学校へ着て行けるお洋服よ～」

お母様がにこにことそう仰る。

貴族といえど、毎日ドレスを着ている訳ではない。ドレスは普通に、夜会などの勝負服だ。普段は足首近くまである丈のスカートを穿いている。ワンピースだったり、ツーピースだったり様々だ。

「ありがとうございます。後で見てみますね」

言うと、トーマスは箱を侍女に手渡した。侍女はそれを持ってささささーっと出て行った。部屋へ運んでくれるのだ。

お母様は女子力高めのハイセンス夫人なので、ちょっと楽しみだ。

次にトーマスが差し出したのは、一見してえらい高級感が漂う細長い小さな箱だ。

「先ほど届いた。レオナルド殿下から、エリィへの合格祝いだそうだ」

殿下から……！　何と！　……エリちゃん、殿下への合格プレゼント、ちょっと雑だったんだけどな……。

お母様が「開けて見せて～」とウキウキしてらっしゃるので、外装のリボンを解いた。ヤヴァイ。

リボンからして、高級シルクの手触り……。これ、リボンも捨てたらアカン奴やん……。

解いたリボンを隣に居る侍女に渡し、箱をそっと開けてみる。

中身はビロードの台座に、一本のネックレスだった。

で、殿下ぁぁぁ!!

「あらぁ……、素敵ねぇ」

お母様が「ほぅっ」と乙女のように息をついている。

華奢なチェーンに、トップの部分には連なるように五つの宝石が嵌《はま》っている。ただそれだけ、といえばそうなのだが。

だ　が　し　か　し　！

このシンプルに過ぎるデザインだが実は、古代アガシア大河文明の国家の一つマケイア神聖皇国の遺跡の出土品にあるものなのだ。

殿下、ツボ押さえ過ぎでしょおおお!!

しかも、聖女と名高いフェリシテ二世女皇が、ご夫君であられたガラミス将軍より贈られた求婚の品という逸話付きだ！

本物はダイヤモンドが四つで、真ん中の石だけがルビーだった。チェーンも純金製だ。

殿下が下さったものは、四つのダイヤと、真ん中がインディコライト、つまりブルートルマリン。

……ええ、殿下のお目々のお色ですね。チェーンは細い白金製。オリジナルより上品な仕上がりでございます。

そしてオリジナルは、五つ連なった宝石の台座の裏っかわに、文字が入っているのだ。皇国の文字で『愛し君へ』と。

そーっと裏返してみると、ありましたよ。流石、殿下。さす殿。

しかも文章が、オリジナルの『君』の部分が『エリィ』になっている……。さす殿‼

「エリィちゃん、これ何て書いてあるのかしらぁ？」

尋ねるお母様に、私は曖昧に微笑んだ。

「今度、殿下にお尋ねしてみます」

私は知りませんアピールをしておく。

だって無理じゃね⁉　親の前でこれ読み上げるの！

去年あたりから、殿下の愛情表現が露骨になってきている。別に構わないのだが、ちょっと羞恥心が悲鳴を上げる。

『可もなく不可もなく』、『誰にもメリットもデメリットもない』という政略の元に調った婚約だったが、愛情があるに越した事はない。

……私も殿下の事は好きだしね（でへ♡）。

いや、嫌う理由ないでしょ、あの激烈イケメン殿下！　六歳の頃の「君を生涯エスコートする権利を」云々に始まって、それ以降も嫌う理由のない隙のなさっぷりよ。しかも私を決して蔑ろにもしない。むしろめっちゃ大事にされてる風。

いや、一人で歩けますので、そんなハラハラした目で見守ってくださらなくても大丈夫ですよ？

でもちょっとねぇ～……、髪にキスされたり、指先にキスされたり、頬にキスされたり、恥ずかしいのよォ～!!　嫌じゃないけど、恥ずかしいのよぉぉぉ……。しかも殿下、年々色気が増してきて、無駄にエロいのよぉぉ……。お子様には色々刺激が強いのよぉぉぉ……。

「私のエリィ！　合格おめでとう！　これは私からのお祝いだ！」

……ご自分が誰からも祝われていないのは、気にしないのだろうか。

兄がにっこにこの笑顔で封筒を差し出している。

この兄は、見た目は絶世の美少年である。私の二つ年上なので、現在十四歳。

私同様の色の薄い金髪はふわふわとした巻き毛。私が母に似て緑色の瞳なのに対し、兄は父と同じブルーグレーの瞳だ。ぱっちりとした二重の目や、すっと通った鼻筋など、パーツの一つ一つが整っていて、本当に綺麗な見た目である。

誰も気に留めていないが、兄も一緒にスタインフォード校に合格している。

我が家の護衛たちの話によれば、剣の腕も格闘もそれなりの腕らしい。スタイルも良く、見た目は完璧だ。眉目秀麗、文武両道というヤツだ。

しかしこの兄、中身が残念にも程があるのだ……。

兄の差し出している封筒を、礼を言いつつ受け取ってみた。我が家の封筒である。一体、どんな恐ろしいものが入っているのか……。

演劇や展覧会のチケットとかなら嬉しいのだが。兄が『貰って嬉しいプレゼント』をくれたためしがない。

開けてみると、中に入っていたのは数枚のカードだった。それも、我が家で茶会などを催す際に使用する、インビテーション用のカードだ。手作り感がすごい。

カードには、色インクを駆使して、美麗なカリグラフィが踊っている。兄の無駄な多才さが、遺憾なく発揮されている。

『お兄ちゃんとデート券（エリィ専用）　使用期限：無期限』

……破いてもいいかな？

他は『お兄ちゃんと手繋ぎ券』『お兄ちゃんの添い寝券』『お兄ちゃんのキス券』……。

横からそれを覗き込んだ母が、驚くほどの無表情になり、それらのカードを私から取り上げた。

「母上？　どうなさいました？」

不思議そうにきょとんとすんな、兄よ！　どうなさいました？　じゃねぇわ！

母はそれらのカードを、一枚ずつ丁寧にびりびりに破き始めた。

「母上!?　何をなさるんですか!?」

何をじゃねえ‼

「エリィちゃん、貴女は何も見ていません。いいですね」

「勿論です、お母様」

破かれたカードの破片を拾おうとしている兄を、兄の侍従が羽交い絞めにして止めている。

このカオスが日常である。

「トーマス、エルリックは椅子にでも繋いでおけと言っただろう」

そんな事言ったのか、父。

「ですが、たとえそうしたとしましても、坊ちゃまは這ってでもお嬢様の元へ行かれるかと思いまして」

真顔で何を言う、トーマス。

「それもそうか……」

父！　諦めないで！

「お嬢様、どうぞお席へ。料理人がお祝いにケーキをご用意しておりますので」

未だカードを破き続ける母、それを拾い集めようと足掻く兄、兄を羽交い絞めする侍従、渋い顔で溜息をつく父、同様の執事。そしてそれらを綺麗に無視して微笑む侍女。

うん。スゲェ家だな！

これが、我がマクナガン家である。

さてさて……、妹大好きというより、妹以外の全てに無関心なのが、我が兄エルリック・マクナガンだ。

「お兄様も、スタインフォード校に合格されたのですよね？」

家人が余りに誰も口に出さないので、思わずそう尋ねてしまった。

それに父が頷いた。

「そのようだな」

「お兄様の合格のお祝いなどは――」

「お祝いなら、お兄ちゃんと一緒にお風呂に入ろう‼」

めちゃくちゃ食い気味に、兄が割り込んできた。

兄は今、手足をそれぞれ拘束された状態で、椅子に縛り付けられている。その椅子も、兄の侍従がガッチリと固定している。

我が家には『兄専用拘束具』がある。虐待などではない。決して、ない。今日のように、兄の暴走が激しい時に、この器具は使用される。

「……祝ってやるか？」

深い溜息をつきつつ尋ねてきた父に、私は首を左右に振った。

「いいえ。……すみません、余計な事を聞いてしまいました」

「どうして、あの子は……」

泣き出しそうに目頭を押さえる母を、父が切なそうに見ている。

どうしてはこちらも聞きたいのだが、兄は恐ろしい事に、私が生まれた直後くらいからあの様子

らしい。

生まれたばかりの私のベッドに日がな一日寄り添い、頬にちゅっちゅとキスしていたらしい。

……分かっている。絵面はとても微笑ましい。

兄はあの通りの美少年だ。さぞ美幼児だったことだろう。それが生まれたばかりの妹に寄り添い、頬にキスしている。恐らく、美しく微笑ましいのだ。

しかし、それを聞かされた私は、全身に鳥肌が立ってしまった。

だってあの兄だ！

食事を摂ろうとすればカトラリーを取り上げ「あーん」を強制し、椅子に座ろうとすれば自分の膝の上へとナチュラルに誘い、隙あらば抱き着こうとし、風呂へ入っていれば「僕が洗ってあげるよ」と平然と現れ、夜はベッドへまで侵入して勝手に添い寝してくる、あの兄だ‼

私は三歳にして両親に、「夜寝る時は、必ず部屋に鍵をかけなさい」と注意を受けた。

……その鍵を、兄が無駄な多才さを発揮して複製を自作するなど、誰が考えようか……。

現在、私の部屋の扉には三つの鍵があり、ランダムな周期で新しいものに取り換えられている。三つあるのは、三つの内、施錠するもの・しないものを用意し、ピッキングにかける時間を稼ぐ為だ。私の部屋の鍵だけは、執事の部屋のキーボックスではなく、執事本人が持ち歩いている。マスターキーでも開けられない鍵である。マスターキーが用を為さないのだが、これぱかりは仕方ない。

私の、そして両親の心の安寧《あんねい》の為だ。

殿下との婚約話が出た際、実は両親はこっそり喜んだそうだ。

これで私を兄から逃がしてやれる、と。

相手は王族。しかも王太子。これは兄でも絶対に手が出せない。兄如きの一存で破談も不可能だ。

そして私が王城へ移れば、兄には夜這いのしようもない。

私の輿入れ相手として、完璧なのでは⁉ と。

……ありがとう、お父様、お母様。マジ、完璧っす。

小説などでは、『破滅回避の為に兄との関係を改善しようと頑張ったら、何故か兄に溺愛されるようになった』などがあるが、私は何もした覚えがない。

何もした覚えがないんだよォォォ‼

何が兄の性癖にぶっ刺さったって言うんだよォォォ‼

兄はあくまでも『兄として』私を可愛がってくれている。故に、倒錯的な貞操の危機などは感じた事はない。

ただ、ウザいのだ。そしてキモいのだ。

兄の執着が異常で、薄ら怖いのだ。


「いつまでも、避けては通れない問題がある」

一服盛って兄を眠らせたダイニングで、某特務機関の総司令なポーズの父が重々しく口を開いた。

テーブルには、母と私。

その周囲には、執事をはじめとした主要な使用人たちがずらっと。

「アレが無駄な優秀さを発揮し、スタインフォードに合格してしまった。五月からは、エリィと同じ学舎で学ぶ事となる」

アレとは、アレである。既に名を呼ばれる事のない、病的シスコンだ。

「同じ学舎に、王太子殿下もいらっしゃる。アレがやらかす可能性が非常に高い」

重々しく低い声に、頷く者が多数。

兄の逆方向の信用が凄い。

「エリィさえ絡まねば、アレでも優秀だ。……だが、アレがスタインフォードを受けたのも、エリィがそこに居るからだろう。関わるなと言うのが無理だ」

その言葉に深々と頷いているのは、兄の侍従だ。……いつも申し訳ない。

「そこでだ……」

父は重々しく言うと、俯けていた顔を上げた。

かけてもいない眼鏡が、キラーンと光る幻影を見た。

「アレを殿下と引き合わせてみようと考えている」

その言葉に、使用人たちがざわっと僅かに声を上げた。

……みんな、ノリ良すぎない？

兄は、殿下からの側近登用の要請を、光の速さで断った経緯がある。殿下は全く気にされていなかったが、兄からそれを聞かされた父は愕然となっていた。

普通、断らない。というか、断れない。

しかしあの兄に『普通』などなかった！

私と父とで、殿下に平謝りした。

いや、気にしていないから、大丈夫だよ、と殿下は仰って下さったが。

「殿下はとても懐の深いお方だ。アレの無礼も、笑顔で流してくださった。しかし同じ学校となると、話は変わってくる」

「殿下はエリィちゃんの救いの神です。アレに横槍を入れられるような事があってはなりません」

普段おっとりとした話し方の母は、兄が関わると口調がキリっとする。

「必ずや、エリィちゃんを殿下に娶《めと》っていただかなければなりません！　それ以外に、アレからエリィちゃんを守る方法などありません！」

使用人たちの頷きが深い……。

というか、『何としても妃に』の理由が『シスコン兄からの隔離』という家は、我が家くらいのものだろう……。

「その為にも、殿下にはアレの生態を知ってもらう必要があると考えるが……、どうだ？」

一同を見回す父に、執事のトーマスがすっと手を挙げた。

「何だ、トーマス」

「はい。坊ちゃまは、殿下を少々敵視しておられます。もし殿下に危害を加えるような事がありましたら、と心配でなりません……」

「その心配はないかと」

きっぱりと否定したのは、兄の侍従のハリーだ。

「ほう……。ハリー、申してみよ」

父、いつまで低い声だしてんの？

「はい。エルリック様は、ああ見えて意外と常識をご存知です」

おい！　言い出しが酷ぇな！　あと使用人、ざわつくな！

「……そうか？」

真顔で訊き返すな、父！

「はい。……まあ、あの、『エルリック様にしては意外と』というレベルですが」

「無きに等しいと聞こえるのは、わたくしだけかしら？」

母の言葉に、私も一票です。

「まあ、ぶっちゃけそうなんですが」

ぶっちゃけるな、ハリー！

「殿下相手に何かしたらヤバイ、くらいはご存知です」

「……幼子以下の理解だが、まあ、いいか……？」

溜息をついた父に、母も無言で深い溜息をついている。

「エリィ、殿下から訪問の先触れを受けていたな？」

父に問われ、頷いた。

「はい。五日後にこちらを訪れたい、と。そうですよね、トーマス」

執事を見ると、執事も頷いた。

「間違いございません」

「よろしい」

父は頷くと、テーブルをバン！　と両手で叩いた。

「ではこれより、エルリック暴走対策会議を開始する！」

その言葉に、周囲を囲っていた使用人たちが一斉に拍手をした。

……だから、何でみんな、そんなノリいいの……？


さぁ、やってまいりました！　殿下による、『突撃！　我が家訪問！』の当日です！

「さあ！　あと一時間ですよ！　最終確認、よろしいですか!?」

執事のトーマスの声が伝声管に響いております。

今この家は、戦場です。一時間後に開戦となります。

私は現在、執事のお部屋にて状況を見守っております。……だって、気になるじゃん。この変な家が何すんのか。

「二階、第二ブロック、準備完了です！」

「三階、閉鎖完了しました！」

「二階、第三ブロック、準備完了！」

トーマスの元に、次々と使用人たちが報告へくる。……何ゲー？　ＦＰＳ？

「正面庭園、配置完了！」

「一階全区画、準備完了しました！」

「二階、第一ブロック、準備完了です！」

「結構！　これより殿下を無事にお迎えし、お見送りが完了するまで、各自気を抜かぬように！」

「はい‼」

揃った返事が、私の耳には「サー、イエス、サー‼」に聞こえた。老齢のトーマスが軍曹に見えるよ……。

「目標は？」

尋ねたトーマスに、兄の侍女がぴっと姿勢を正す。

「現在自室にて、『私のエリィ人形』を製作中です！」

「待ってぇぇぇ‼　何それぇぇぇ‼」

思わず悲鳴を上げると、兄の侍女が駆け寄ってきて、私の背を優しく撫でてくれた。

「大丈夫です。お嬢様は何も聞いておりません。大丈夫です。……いいですね？」

「うぅ……、……はい……」

いや、マジで待って……。

既にエリちゃんのライフが削れてるんだけど……。

殿下、早く来て！　いや、やっぱ来ないで‼　逃げて‼　超逃げて‼

「引き続き、目標の捕捉をお願いします。私が合図をするまで、絶対に殿下と鉢合わせぬように」

「了解しております！」

侍女はまたぴっと姿勢を正すと、綺麗なお辞儀をして出て行った。兄の監視に戻るのだろう。

トーマスは泣きそうになっている私を見ると、いつも通りの優しい笑顔になった。

「さあ、お嬢様、殿下をお出迎えする準備をいたしませんと。お嬢様は笑顔が一番でございますよ、笑顔、笑顔」

「はい……。頑張りましゅ……」

噛んだ。

でもそんなの、もうどうでもいい。削れたライフとＳＡＮ《正気》値を回復したい……。


侍女に着替えやらなんやらをしてもらって、殿下をお迎えするために玄関へと向かった。

そこには既に両親が揃っていた。二人とも、表情が険しい。

いつもと作画が違う。劇画調だ。それくらい、雰囲気が違う。

「……気を抜くなよ。アレは何をやらかすか分からん」

「分かっております。貴方も、どうかご武運を……」

どこに戦いに行くのかな⁉

ここんち、何かおかしいよね⁉　薄々感じてたけど、ノリおかしいよね⁉

「さあ……、行こう……」

まるでこれから死地に向かうかの如き重さで父が言い、母が頷く。

自分が渦中であるから、どうも乗り切れないのが悲しい……。

父が歩き出す速度に合わせ、玄関の重厚なドアが開けられる。ＢＧＭに小惑星の衝突から地球を守る的な映画の主題歌が聞こえた気がした……。

◆◆◆

三月のある日、エリィがとてもご機嫌な笑顔で私の元へやって来た。

エリィが執務中の私を訪ねるのは、結構珍しい。けれどきっと、今日の用件は『あれ』だろうな、と当たりは付いている。

通すように告げ待っていると、満面の笑みのエリィがやって来た。今日も可愛い。

「お時間いただきまして、ありがとうございます」

いつも通り、丁寧に一礼する。こういうところを疎かにしないエリィが、私はとても好きだ。

エリィをソファにエスコートし、隣に座る。

「それで？　今日はどうかした？」

尋ねると、エリィは持っていた小さなバッグからいそいそと、畳んだ紙片を取り出した。

それを両手で開いて持つと、表が私に見えるように掲げた。

「合格しました！」

エリィが余りに笑顔なので、思わずつられて笑ってしまう。

エリィが得意げに広げているのは、スタインフォード校からの合格通知だ。同じものを、私も先日受け取った。

「おめでとう」

「レオン様はいかがでしたか？」

合格通知を大切そうに畳みなおし、またバッグに片付けると、エリィはにこにこと笑いながら尋ねてきた。

ただ、形式上は質問だったが、エリィの口調は私が受かる事を疑っていない。

「受かったよ」

「おめでとうございます！」

満面の笑みでの祝福だ。これ以上ない合格祝いである。

エリィはまた、小さなバッグをごそごそと漁っている。何が出てくるのか……と見ていると、小さな箱を取り出し差し出してきた。

「これ、合格のお祝いです！」

「受かったとも言ってなかったのに？」

箱を受け取りつつ言うと、エリィは楽し気に笑った。

「レオン様が落ちる筈がありませんから」

本当に、エリィは私を買ってくれている。

「ありがとう。開けてもいいかな？」

「どうぞ。……もし気に入らなかったとしても、そこは受け取っておいてください」

急に神妙な顔になったエリィに笑うと、その小さな箱を開けてみた。

ジュエリーケースだ。しかもこれは、王室御用達の高級宝飾品店のものだ。エリィにしては珍しいプレゼントだ。

開けてみると、中身はカフスボタンにタイピンのセットだった。

上品なシルバーで、エリィの瞳によく似た丸いエメラルドがちょこんと嵌っている。

「ありがとう。嬉しいよ」

本当に嬉しい（特に、エリィの瞳の色のエメラルドが）。

そう告げると、エリィはほっとしたように微笑んだ。

「喜んでいただけて、何よりです」

「うん。使わせてもらうよ」

勿体なくて、しまっておきたい気持ちもあるが。

「私もエリィに合格祝いを用意しているのだけれど、まだ出来上がっていないんだ。ごめんね」

そう告げると、エリィは「ほへ？」と気の抜けた声を出した。

「……殿下こそ、私が合格するかも分からないのに、用意されてたんですか？」

また、『殿下』になってる。エリィをじっと見ていると、エリィが気付いたようで、小さな声で「レオン様」と言い直した。

中々、エリィは私の呼び名に慣れてくれない。言ってしまえば、『様』などという敬称も不要なのだが……。

「エリィが落ちる訳がないと思っていたからね」

そう言うと、エリィが苦笑する。

無上の信頼は、重いだろう？　君がいつも私にくれるのが、それだよ？

さて、五月からの学院入学に際し、私やエリィの警護体制を幾らか見直した。

基本的に王城に居たこれまでと違い、一日の大半を学院で過ごす事となるのだ。学院内にも、護衛の人間を配置する必要がある。

その打ち合わせで、学院へ出向いた。

学院にも、そちらで雇っている護衛が居る。その統括をしている兵長と、学院長と、私とノエルとで、兵の配置や人数の割り振りなどを決めていく。

……エリィが居たら、喜んで参加してきそうだな。連れてきたら良かったかな。

そう思ったのだが、エリィは今日は王妃と共に診療所の視察へ行っている。エリィにも、徐々に公務が割り振られるようになっているのだ。

まあそれも、暫く休みだが。

一通りの警備体制を決め、後は実地で臨機応変に……と片付いた。

「しかし、エリザベス様はとても優秀なお方ですね」

お茶でもどうぞと言われ、今はのんびり学院長とお茶をいただいている。

「ああ。知っているよ」

微笑むと、学院長は「これは失礼いたしました」とおどけて頭を下げた。

入試の成績は、私が一番だったらしい。この学院に限って、王族への忖度などしないだろうから、恐らくそうなのだろう。……過去に、ここを受験し落ちた王族も居るくらいだ。

そしてエリィは、私と僅差の二位だ。よりによって、エリィの大得意な歴史で、スペルミスをやらかしていた。本人に教えたら落ち込むだろう。黙っていよう。

「学院長、彼女の論文は、お借り出来るだろうか」

「ご用意してございます」

学院長は席を立つと、自分の机から紙の束を持って戻って来た。

彼女が一体何を書いたかが気になって、学院長に事前に頼んでおいたのだ。

手渡されたそれは、確かにエリィの丁寧で綺麗な文字が並んでいた。

「治水工事……」

論文のタイトルは『エーメ河の氾濫と、その抑止・防止　——治水・灌漑計画とその経済効果』だ。

エーメ河とは、マクナガン公爵領にある大きな河川だ。数年に一度程度の頻度で氾濫を起こす。抜本的な対策が取られないまま、対症療法を行っている状態だ。

これは予想外だった。

大がかりな土木工事の詳細と、それによる経済効果にまで言及した論文である。

「エリザベス様は視点が広いですな。史実の引用も、実に多い」

「彼女は、特に歴史が好きだからな……」

「史学の講師が喜んでおりました。歴史を『過去の教訓』と捉え、未来に生かそうとしておられる、と。史学を選択してくれたなら嬉しい、と。ただ、工学や経済学の講師も、エリザベス様を欲しがっておりましたな」

楽し気に言う学院長に、私も思わず笑ってしまった。

確かにエリィのこの論文では、彼女が何を専門としたいのかが分からない。予想外なのがエリィなので、全く斜め上方向に進むつもりかもしれない。

「それと、もう一つ……」

もう一つ？

学院長が差し出しているのは、薄い紙の束だ。枚数にして、四枚か五枚程度だろうか。

受け取って、怪訝な表情になってしまった。

やはりエリィの文字で『奇跡の検証』と胡散臭いタイトルがつづられている。そして用紙の下の方には『化学、物理学の講師各位の見識を求む』と書かれている。

捲って読んでみて、思わず溜息が漏れた。

何をしているんだい、エリィ……。

それは、エリィが以前作ったクッキー（仮）についての文章だった。

要は『手順通りにやったのに、何故か味がないし、歯が立たないくらい硬い。どうしたらそうなるのか考えてみて欲しい』という内容だ。

きちんとクッキーの材料や、行った手順などが書かれている。そして硬くなる可能性、味が無くなる可能性を挙げ連ね、一つずつ反証している。

最後は『考えても分からず思考を放棄しそうになったが、学究の徒としてそれは犯すべからざる愚行である。故に、知賢ある講師各位のお力をお借りしたいものとする。』と纏められている。

そんなに悔しかったのか、あのクッキー（仮）……。

「化学と物理学の講師陣に、大好評でした」

「……大好評」

そんなにか。

「はい。爆笑が起こっておりました」

「爆笑……」

これは、エリィには絶対に言えない。

学院長にクッキー（仮）の愚痴を綴《つづ》った紙を返すと、学院長は楽し気に笑った。

「化学講師からは、これで合格にしても良いくらいだ、との意見も出ておりました」

「それはまた……」

何と言っていいのか、既に分からない。

「とにかく、我々は殿下とエリザベス様を歓迎いたします。学院での生活が、良いものでありますように願っております」

「ありがとう」

笑顔の学院長に、こちらも笑顔で礼を返した。

そういった些事《さじ》を片付けた後、単にエリィと一緒に通学したいとお願いしに行った公爵家で、また私の想像を超える出来事が起こってしまった。

以前からマクナガン公爵家は謎だらけだったのだが、訪問して謎が更に深まるとはどういう事だろうか。

訪問した私を、彼らは一家で出迎えてくれた。

エリィは淡い青色の綺麗なワンピース姿だ。首元には私が合格祝いに贈ったネックレスがある。歴史好きくらいしか知らないであろう品物だが、エリィなら絶対に気付くだろうと確信していた。トップの飾りの裏の文字にも、エリィは気付いただろうか。まあ、気付かなくても大事ない。ただの私の自己満足だ。

ともあれ、身に着けてくれるのは嬉しい。

「マクナガン公爵、出迎え、ありがとう」

深々と頭を下げる一同に告げ、直ってくれるよう促す。

出仕などをしない家なので知らなかったが、公爵も夫人も一つ一つの所作が洗練されていて、実に美しい。エリィもそうだ。

エリィの王太子妃教育の項目にあった礼儀作法の講義は、早々に打ち切りになったと聞いた。マナーの講師曰く「厳しめにあたらせていただきましたが、もうこれ以上は難癖をつける箇所もございませんので」との事だった。

エリィが調子に乗らないようにと、針小棒大に難癖をつけるような事をしていたらしい。……その教育方針はどうなのだ。エリィは全く気にしていないようだが。しかし最終日には、それらをきちんと話したうえで、謝罪をしたらしい。エリィが呆れたように笑っていた。

そのエリィは、私がプレゼントしたネックレスを着け、こちらを見て軽く微笑んでいる。可愛い。

「会いたかったよ、エリィ」

何かもっと違う事を言おうと思っていたのだが、うっかりぽろっと本音が漏れてしまった。まあ、いいか。

その言葉にエリィは頬を染め、「は、い……」と照れたような切れ切れな返事をしてくれた。可愛い。

互いに探り探りだった私たちの関係も、少しは世の『想い合う恋人同士』のようにはなってきているのだろうか。だとしたら、嬉しいのだけれど。


公爵の案内に従い、公爵家の応接室へ通された。

初めてマクナガン公爵家を訪れたのだが、何というか『しっくりくる』家だった。

何が『しっくり』きたかと言うと、『地位を無駄に顕示するような華美さがない』事だ。

邸はその地位に相応しく大きなものだし、敷地も広大だ。その敷地も邸も、全て綺麗に手入れされている。美しくはあるのだが、玄関ホールからこの応接室までの道中に、不自然に目に留まるような装飾品の類が一切なかった。この部屋にしてもそうだ。

よく居る権や財などの『持てる力』を誇りたい者は、それ相応の品物をあちこちに置きたがる。けれどこの家には、それらがない。そして通された応接室にしても、そういった類は見当たらない。装飾品などはほぼないのだが、部屋に設置されたテーブルやソファなどの家具類、カーテンや絨毯などのファブリック類などは、間違いようもなく一級品ばかりだ。

が、それらすらも『見る者が見なければ分からない』だろう。特に「高級である」と一目で分かるような派手なものではないからだ。

やはりマクナガン公爵家というのは、恐ろしいな。

力を誇示したがるような小物と違い、力を持っているにも関わらずそれに頓着しない。そういう存在の方が余程怖い。

メイドがやってきて、テーブルにお茶の支度をしてくれた。

そのカトラリー類もまた、シンプルながらも質の良い物ばかりだ。

成程、この家で生まれて育てば、ああいう令嬢にもなるだろう。見た目の華美さなどより、そのもの自体の『本質』を大切にするような。

納得しつつ、お茶を一口いただく。美味しい。

席は公爵夫妻が並んで座り、その向かいに私とエリィだ。私の隣を指定されたエリィは「ほわぁっ⁉」などと小声で謎の言葉を発していたが、そういうものだと思うよ？　君は私の婚約者で、立場としては準王族なのだからね。

「訪問の許可をいただき、感謝している」

タイミングを見計らい言うと、公爵は「いえ、とんでもない事でございます」と軽く頭を下げた。

まあ、王族《こちら》が打診して断れる家もなかろうが。……いや、この家は断ってきそうだ。根拠はないが、普通に断ってきそうな気がする。

それはさておき、今日の訪問の本題を切り出そう。

「今日は、提案……というか、お願いがあって来たのだが」

『提案』という程、大仰なものではない。単純に、私の我儘でしかないからだ。

「学院が始まったら、エリィを送迎させてもらえないだろうか」

「願ってもない事でございます‼」

言い終わるかどうか……という間で、公爵が立ち上がらんばかりの勢いで身体を乗り出し、少し弾んだ大きな声で承諾してくれた。

……正直、ちょっと引いた。

何をそこまで喜ぶのだろうか。いや、反対されるよりは都合が良いのだが。

ほんの十分程度でしかない道のりだが、それをエリィと共に通えたら楽しいのでは……と思っただけだ。『共に通学する』というのも、学生生活ならではの出来事なのだから。

そういう、本当に『ただの我儘』という程度の話だ。

「そ、そうか……。出過ぎた提案かと思っていたのだが……」

「いえ！　願ってもないと申しますか、願ったり叶ったりと申しますか」

「そうなのか……？」

本当に嬉しそうだな、公爵。何がそれ程に嬉しいのだ？　しかし、公爵だけでなく、夫人も喜んでおられる。

彼らは、己の娘が王太子妃となるからと、それを振りかざすような人種ではない。

では、何だろうか。

単に娘が大切に扱われている事を喜んでいるのだろうか。……それとも違う気がするが。

公爵は自身が少し感情を顕わにし過ぎたと感じたのか、気持ちを落ち着けるかのように一度咳ばらいをした。……が、浮かれている様子が隠しきれていない。

「わたくし共から逆に、殿下にお願い申し上げようと思っておりました。ありがとうございます」

公爵の隣では、夫人が深々と頭を下げている。

「いや、そこまで礼を言われる事でも……」

この喜びようは何なのだろうか。

公爵夫妻は謎の喜びに溢れているが、肝心のエリィはどうなのだろう……と隣を見ると、エリィは窓の外を見ているようだった。

窓の外に何かあるのか？

視線を移してみると、綺麗に整えられた庭園の風景がある。そこに一人のメイド。お仕着せをきっちりと着こみ、髪も綺麗に結い上げた年若い女性だ。そのメイドが、庭を楚々《そそ》とした足取りで歩いている。

別段、おかしな光景ではない……よな？　何をそんなに見る事があるのだろう。

「エリィ？」

呼びかけてみると、エリィはハッとしたようにこちらを見た。

やはり、あのメイドに何かあるのか？

「はい。何でしょう」

こちらを見てにこっと微笑むエリィに、「エリィも、それでいい？　私が送迎する事で……」と確認をとってみた。

ただ、エリィは少し遠慮を見せた。

「はい。構いませんが……、殿下こそ、大変じゃありませんか？」

エリィは気を抜くと、私を『殿下』と呼ぶ。それはあくまで尊称であって、個人の名ではない。公的な場などはそれで良いけれど、私的な場では名前で呼んでほしい。

だがまあ、今ここでそれを言うのも違うか。

私を『殿下』と呼んだ直後、一瞬だけ「あ、しまった」みたいな顔をしたのを、しっかりと見たからね。

「大丈夫だよ」

エリィの言葉と態度に対してそう答えると、エリィはその短い一言に込められた意味を理解したのか、安心したように微笑んだ。

そのエリィに、公爵が小さく息を付きつつ言った。

「殿下のお言葉に甘えておきなさい、エリィ」

公爵の隣では、夫人も深く頷いている。

「そうですよ。さもないと、……アレと毎日、朝夕二十分間、狭い馬車に閉じ込められるのですよ」

何やら不穏な単語が飛び出したな。

アレとは？　馬車に閉じ込められるとは？

よく分からないが、とにかく穏やかでない。

……あと、気にしすぎかもしれないが、先ほどからずっと窓の外で使用人たちがおかしな動きをしている。あれも何だろうか。メイドのみならず、下働きのような者たちまでが、入れ替わり立ち代わり、現れては消えていくのだが……。

だがまずは、先ほどの夫人の不穏な発言の真意を問おうか。

「……何の話だろうか？」

尋ねると、公爵と夫人は目を見合わせ頷き合った。

そして、神妙な口調で言い出した。

「今日は、殿下に聞いていただきたい話があります」

「隠していた訳ではないのですが、結果的にそのような形になりました事を、まずお詫びいたしておきます」

えらく重い前置きだ。そんな重大な秘匿《ひとく》事項が、公爵家にあるのだろうか。

「一体、何を……」

「我が息子、エルリックの話です」

重々しく、公爵が口を開いた。


……結果として、とんでもない話を聞かされた。

私の隣では、エリィが大きな目に涙を溜めて、小刻みに震えている。

「エリィ、大丈夫かい？」

背を撫でてやると、私を見て少しほっとしたような顔をする。その背も、プルプルと震えている。

公爵家の懸案事項は、嫡男エルリックの事だった。

エリィが生まれたばかりの頃からエリィに異常な執着を見せ、今もエリィを異常に可愛がる少年。

その執着の仕方と、溺愛の仕方が、理解の域を超えていた。……というより、理解出来たら駄目な代物としか思えない。

……エリィがブラッシングした際に抜けた髪を集めて持っているだとか、誰から見ても恐怖でしかないだろう。

エリィが震えるのも無理はない。

「……私にはその話、聞かせて欲しくありませんでした……」

「わたくしも、見たくなんてなかったわ……」

泣き出す一歩手前のエリィの言葉に、遠い目をした夫人が答える。

そうか……。夫人は、現場を目撃してしまったのか……。それは……なんと声をかけたら良いものか……。

夫人の『アレと毎日、朝夕二十分間、狭い馬車に閉じ込められる』とは、学院への通学の馬車にエルリックと二人乗せられる事になる、という意味だったのだ。

馬車を分けたら良いのでは……という話ではない。エリィに異常に執着しているエルリックが、同じ時間に同じ目的地へ行くのに、エリィと別の馬車など使う筈がない、というのが公爵家の総意だ。

……いや、どんな公爵令息だ……。というか、この家自体が何かおかしくないか？

公爵が執事を呼び、エルリックはどうしているか尋ねると、恐ろしい答えが返って来た。

「……自室にて『私のエリィ人形』に着せる服をお選びです」

何だ、それは。『私のエリィ人形』？　嫌な想像しか出来ないが……。

「だから、その人形何なのォォォ‼」

エリィが壊れた。

彼女がこれほど取り乱すところを、初めて見た。

いや、語られる内容がアレ過ぎて、取り乱すなという方が無理だ。エリィはもう泣いてしまっている。

「エリィ、落ち着いて」

少しでも落ち着けるよう、背をさすってやるくらいしか出来ない。

「トーマス」

「は」

厳しい声で呼びかけたのは、夫人か。

ピリッとした緊張感のある、僅かに低い声だ。見ると、眼光も鋭く執事を見据えている。

「その服とやらは、どこから……？」

まるで嫌な予感の的中を嫌うような苦々しい口調で言う夫人に、執事が気まずそうに視線を伏せた。

その表情だけで、答えは分かるようなものだが……。

「……お嬢様のお部屋の、クローゼットから……」

「何でよォォォ……‼」

執事の答えに、エリィが絶叫に近い声を上げた。

「マリナは何をしているのですか！」

マリナとは恐らく、エリィの侍女か何かの名なのだろう。

夫人の言葉に、執事はやはり言い辛そうに一度目を伏せた。

「坊ちゃまの隠密技術が、マリナを上回ったかと……」

「……何という才能の無駄遣いなんだ……！」

公爵がかっくりと項垂れている。

一生懸命にワンピースの袖口で涙を拭うエリィは、目がどんよりと濁っている。心なしか、焦点も合っていない。

これは駄目だ。この家は危険だ。エリィをここから連れ出さねば……。

その一心で、私は公爵に告げた。

「公爵、私から、もう一つ提案をいいだろうか」

「何なりと、殿下」

がっくりと項垂れ頭を抱えていた公爵が、私の言葉によろよろと顔を上げた。

「エリィを、城に連れ帰って構わないだろうか」

そう言った瞬間、公爵と夫人、エリィ、室内に居た執事や侍女までもが、私を縋るような目で見てきた。

……どれだけ追い込まれているんだ、全員揃って！

「よろしいのですか……」

縋るような目そのままで私の方へ身体を乗り出してきた公爵に、私は少々引きつつも頷いた。

「エリィの精神的な消耗も激しそうなのでな。……どうかな、エリィ？　城で暮らすというのは」

「それが、可能なのでしたら……」

震える手を頼りなく差し出してきたエリィに頷き、その手をしっかりと握るように取る。

「可能だよ。そもそも、君の部屋はもう用意してあるだろう？」

言うと、エリィは「そうだった‼」と言わんばかりの顔をした。

……えぇ……。忘れていたのか……？　私は君がそこで暮らす日を、指折り数える思いで待っているというのに……。

「事情を話せば、両陛下も納得してくださるだろう。公爵、夫人も構わないか？」

「喜んで！」

「むしろわたくし共がお礼を申し上げねばなりませんわ！」

私の言葉が終わるや否や、夫妻が非常に勢いよく返事をしてくれた。

いや、構わんが……。追い込まれ方が酷いな、本当に……。

「……お嬢様の当面のお荷物の準備が整いましてございます」

私たちの会話の切れ目を待っていたかのように、執事が静かな声で告げた。

準備が？　整った？　いや、私が提案してから、数分と経っていないよな？　『当面の』というのは、今日明日程度の宿泊の準備の事なのだろうか。

少々の疑問は残るが、執事には「ありがとう」と礼を告げた。

「お礼を申し上げるのはこちらでございます」

「エリィちゃん、良かったわね～。アレの事はわたくしたちに任せて、エリィちゃんは殿下と幸せにね～」

私の礼に対し、執事ではなく公爵と夫人が揃って言葉をかけてくれた。

夫人の声が先ほどまでより幾分高いな……。

マクナガン公爵家とは一体、何なのだ……。

少し呆気に取られていると、エリィが窓の外をみてぽかんとしている。つられて私もそちらを見、そこにある光景が全く理解出来ず、思考が見事に停止してしまった。

窓の外には、メイドや従僕のみならず、庭師らしき男性、更には服装からして普段は隠密業務をしているのであろう男性たちまでが揃っていた。

そして彼らは皆晴れやかな笑顔で、エリィに「おめでとうございます」などと言いながら拍手をしているのだ。

……何だ、これは。どういう光景だ？

拍手をする中に一人、拍手とは違った手の動きをする者が居た。聾唖《ろうあ》の者が使用する手話にも似ているが、それよりももっと単純な動きだ。

いろいろ意味の分からなさに呆然としていると、珍しい事にノエルが発言した。

「……公爵、少々お尋ねしてもよろしいでしょうか？」

『そこに控える』事が仕事であるノエルは、話題を振られない限り口を開かない。

余程気になる何かでもあったか？

どうぞ、と気さくな返事をしてくれた公爵に、ノエルが不思議そうな顔をした。

「先ほどからやり取りしているあれは、何なのですか……？」

あれ、と言いつつ、ノエルは使用人たちがやっていた手の動きを真似た。

庭先をうろついていた使用人や、執事、それに室内に控えていた侍女などが時折やっていたものだ。確かに、私も少々気にはなっていたが。

それに公爵は、実に晴れやかな良い笑顔を浮かべた。

「我がマクナガン公爵家に代々伝わる、ハンドサインです」

……公爵家に伝わる？　ハンドサイン？　何故そんなものが伝わっているのだ？

晴れやかな良い笑顔だが、言っている事が意味不明だぞ、公爵。

「えー……、と、……では、先ほど執事殿が受けたサインは、何と？」

先ほどの庭の使用人は、執事に向けてサインを送っていたのか。流石にノエルはよく見ているな。

ノエルの質問に対し、公爵はやはり晴れやかな実に良い笑顔だ。

「『目標・捕獲』です」

「そ、うですか……」

ノエルが珍しく言葉に詰まっているが、私も同じ思いだ。

そして私はまた、マクナガン公爵家の謎を見るのだ。


執事は『当面の荷物』と言っていた筈だし、整ったと言われた時間もえらく早かった筈だ。

なのに、エリィの荷物は、公爵家の馬車二台にぎっちりと詰め込まれていた。仕事が速いとかいうレベルではない。やはり意味が分からない。

エリィを私の乗って来た馬車へ乗せると、恐らくエルリックを除く公爵家の全構成員がそこに居るのでは……という人数が見送りに来た。

……後ろの方、料理人まで居るな。

「では殿下、くれぐれも娘を宜しくお願いいたします……」

深々と頭を下げる夫妻に、「任された」と返すと、使用人たちも頭を下げてくる。

……何だろう。私に向かって手を合わせて拝む仕草をする者が多数居る。使用人たちの私を見る目が、崇拝する対象を見るそれに似ている。……怖い。


王城までは十分程度だ。

公爵家という人々の王都の邸は、全て比較的王城に近い区画にある。爵位が高ければ高いほど、王城に近い距離となり、離れる程爵位は低くなる。末席近くの男爵家のタウンハウスとなると、貴族の邸宅の立ち並ぶ区画でなく、民家の中にまぎれているものもあったりする。

動き出した馬車の中で、エリィが私に向け、深々と頭を下げてきた。

「殿下、ありがとうございました……」

声に疲れが滲んでいる。あれだけ取り乱した後だ、仕方ない。

また呼び名が『殿下』になってしまっているが、今はそっとしておいてやろう。

「いいよ。礼を言われるような事じゃない」

「いえ！　殿下が私を王城へ……と仰って下さった瞬間、殿下に後光が見えました！　それくらい、私は救われたのです！」

……後光、が……。

もしやあれか？　あの手を合わせていた人々も皆、私に後光を見たのか……？

「これでもう、部屋に鍵を三つかける生活から脱出できます！　着替えの際に窓の外に怯える日々ともお別れです！」

……そんな日々だったのか……。

何だろう。一般的な『貴族の生活』とは、大分異なっているような……。

向かいの席に座るノエルが、エリィを少し憐みの目で見ている。気持ちは分かるが、やめてやれ。

「ただの私の我儘なのだ。それ程に感謝されるような事ではないよ」

そう。言ってしまえばそれだけなのだ。これでエリィとの時間も取り易くなるという下心もある。

毎日すぐそこにエリィが居てくれるなら、それはとても嬉しい。

しかしエリィは「殿下……、何と……」と言葉を詰まらせると、すっと両手を合わせようとした。

だから何故拝む‼

エリィの手をはっしと掴み、拝むのをやめさせる。

「うん、拝まなくていいから」

「ですが……」

何が『ですが』かな⁉

……少しだけ分かった事がある。

エリィの言動が少々斜め上方向だと思っていたのだが、そうではない。

マクナガン公爵家自体が、斜め上一直線なのだ。

エリィを城に拉致同然に連れてきて、一週間程度経過したある日。

私とエリィを、公爵夫妻が訪ねてきた。

「殿下、この度は本当に、娘を助けていただき感謝に耐えません……」

頭を下げて感極まったように言う公爵の隣で、夫人も深々と最敬礼をしている。

そこまでか⁉ ……そこまでなのだろうな。あの追い込まれようからして。

何度も何度も礼を言う夫妻を宥《なだ》め、席へと促す。

「エルリックの隔離に成功いたしましたので、ご報告をと参じました」

お茶で口を湿らせ、公爵が開口一番に言ったのは、そんな台詞だった。

隔離……。貴方の嫡男ではなかったか……。

「お兄様の捕獲に成功したのですか⁉」

エリィの声が弾んでいる。『兄の捕獲』という、聞いた事のない言葉が飛び出したが、突っ込むのはやめておこう。

「ああ。これ以上野放しにしては、アレは必ず学院で何かやらかす」

「アレを監禁する為の、新たな拘束具も完成しました。エリィちゃんは、何の心配もしなくて大丈夫よ」

えらくキリっと引き締まった表情で夫妻は言うが、内容が酷い。新たな拘束具という事は、旧《ふる》い拘束具もあるのか……。

エリィは「素晴らしいです……」と僅かに頬を紅潮させて喜んでいる。

……どうしよう。付いていけない。

「まだ入学前ですが、学院には一年間の休学届を提出いたしました。その間に、アレを多少なりとも矯正出来たら……と考えております」

「そうか……」

以外に、何を言えるというのか。

マクナガン公爵家の人々と話すと、どうにも言葉に詰まって困る。

「アレの部屋から色々とアレな物が出てきたけど……、エリィちゃんは聞きたくないわよねぇ～？」

エリィを心配そうに見て微笑んだ夫人に、エリィは凄まじい勢いでぶんぶんと頷いている。

「ないです‼　むしろ絶対に聞かせないでください‼　世の中には、知らない方がいい事があるんです‼」

「そうよね～。……皆で庭で一つずつ燃やしたのよ～。そうでもしないと、呪われそうな気がして……」

東の方の宗教儀式に、不浄の物を火によって浄化する『お焚き上げ』なる儀式があるとは知っているが。よもやそれだろうか……。

「ついでにお兄様も燃やすというのは……」

エリィ⁉　何、怖い事言ってるのかな⁉

「それは流石にねぇ～……。……どうやっても足がついてしまうわ」

問題点はそこじゃないだろう、夫人‼

「二人とも、物騒な事を言うのはやめなさい」

宥めるように言う公爵に、そうだよな、とほっとした。しかし、次の瞬間――

「問題はそこではないだろう。アレなら絶対に逃げる。そんな愚行を犯せんだろう」

そこでもないよな⁉

大貴族のお家騒動で、家人が数人不審死を遂げるなどというのは、ままある事ではある。だがこの家は何か違う。

騒動の原因が、根本から違う……。

「エリィがスタインフォード校の受験に際しまして、論文を提出したのですが……」

「ああ、見せてもらった。エーメ河の治水だろう」

頷くと、公爵も頷いた。

「はい。ご存知でしたら話は早い。……実はあれは、エルリック矯正プログラムなのです」

……うん？

怪訝な顔になっていたのだろう。エリィが深い溜息をつきつつ説明してくれた。

「兄は非常に優秀なのですが、とにかく残念な要素が多すぎて、全体の評価がド変態となる人物です」

……うん。否定は出来ないけれど、その言い方はどうなのかな？

「本来、スタインフォード校にも通う必要はないのです。修めるべき学問は修めておりますし、出仕するつもりもありませんのでスタインフォード卒などと箔を付ける必要もありません」

出仕するつもりはないのか……。どうしてこの公爵家は、そう表に出たがらないのか。

「ならば何故、スタインフォードを受験したかというと、単純に私が受けたからに他なりません」

それだけの理由で合格するエルリックも凄いな！

「兄は基本的に、誰の言う事も聞きません。ご自分の好きなものの為にしか動きません」

「それがエリィか……」

呟くと、エリィが嫌そうに「はい」と頷いた。

「そこで私たちは考えたのです。私が長期間を必要とする施策を考案し、それを兄に実行させる事によって、兄を長期に渡り領地に監禁できるのでは、と！」

天啓を得た！　というように、エリィが軽く天を仰いでいる。

公爵夫妻も、うんうんと頷いている。

「エーメ河の治水は、マクナガン領の長年の懸案事項でもありました。ならばそれを、私が立案し、兄に実行させたらどうか……と」

……色々と言いたい事はあるが、とりあえず黙って聞こう。

「兄に実行させるという不自然さを隠すため、スタインフォード校の受験を利用させていただきました。あたかも『以前より考えていて、これから私が実行したいと思っているのだが、私では時間も力も足りず難しい』と思わせる為に」

無駄に壮大な計画だ。

妹に執着する兄を引き離す為だけの計画とは思えない。

実際、あの論文を読んだ私は、今エリィが言ったように感じていた。学院という『知の集合体』である場所で、更なる知恵や実践などを学び、長年の懸案事項に着手したいのだろう……と。

「あの論文には、実行に移すに当たり、調整をかけねばならぬ箇所が多数あります。無駄に優秀な兄です、それらをきちんと調整するでしょう。わざと机上の空論と理論値のみで話を進めた箇所もあります。それらの修正も行ってくれるでしょう。……恐らく、それだけで一年はかかります」

確かに、そういう箇所があった。エリィにしては珍しい、穴のある理論だとは思っていたが、まさかそんな裏があったとは……。

「エリィがこういう事をやりたいらしいが、お前は手伝わんのか？　と、焚きつけてやりました。赤子の手をひねるより簡単に、アレは計画に乗ってきましたよ。ククク ッ……」

……悪役のような台詞だな、公爵よ。

「論文では完遂まで十五年計画としてあります。ですが、あの兄です。必ず、期間を短縮してくる。なので、経済圏の構築に五年、と枷を設けました。これで少なくとも、五年は領地に隔離できます」

確かに、それも書かれていたな……。

治水を施した後、現在は氾濫危険域として不毛の地となっている土地に、商業施設などを配して経済圏を構築する、と。五年後利益で工費を補填する計画になっていた。

あの『五年』に、まさかこんな意味が……。

「最速で五年から六年ですが、アレを領地に隔離しておけます。アレは現在『エリィとの初めての共同作業♪』と張り切っております」

「いやぁぁぁぁ‼」

頭を抱えて悲鳴を上げたエリィを、私はまた背を撫でて宥めた。反対側からは、夫人もエリィの髪を撫でてやっている。

先日は気付かなかったが、夫人はとても慈愛に満ちた、穏やかな表情の女性だったのだな。……先日は、裏稼業の人間のような鋭い目をしていた気がするが。

「大丈夫よ～、エリィちゃん。五年もあれば、エリィちゃんはもう王太子妃となっている筈ですもの。アレにだって『王太子殿下と妃殿下に手を出すとヤバイ』くらいの常識はあるわ～」

雑な常識だな⁉

何とも言えない気持ちで寄り添い合う母子を見ていると、公爵がまた私に頭を下げてきた。

「殿下には、本当に感謝しております……。エリィを伴侶にとお選びくださり、ありがとうございました……！」

「いや、頭を上げてくれないか。こちらこそ、エリィのような素晴らしいご令嬢を差し出してくれた事に感謝しているのだ」

「殿下……」

感極まったように呟くと、公爵は頭を下げたままで手を合わせ始めた。

だからそれをやめてくれ‼

「本当に、娘が王太子妃殿下となってしまえば、わたくし共も気軽にお会いできる立場ではなくなりますが、アレとて同じ事。娘を守るのにこれ以上の地位はございません。……心より感謝いたしております……」

夫人までもが頭を下げ手を合わせ始めた。エリィ！　だからエリィも手を合わせないでくれ！

何とか三人の頭を上げさせ、手を合わせるのをやめさせた。

……非常に疲れた。普段の公務より気疲れする……。

晴れやかな笑顔でお茶を飲む公爵に、やはり晴れやかで穏やかな笑顔で夫人が言った。

「長年の重荷が、少々軽くなりましたわね～」

「そうだな。全て殿下のおかげだ」

うふふ、あははと笑い合う二人を、エリィが微笑んで眺めている。

……もう状況についていけない。

「使用人たちも殿下には感謝いたしておりまして」

思い出したように公爵が言った。

「街で殿下の肖像を購入してきて、祭壇を作って拝んでいるようですよ」

笑顔で！　言うような‼　事じゃない‼

夫人も「あれは良い出来でしたわね～」と微笑まないでくれ！

「私も拝みに行きたいです」じゃないだろう、エリィ！

……どうやら公爵邸では、私は『王太子』ではなく『神』になっているようだ……。勘弁してくれ……。……いや、本当に、どうか……。

その後、祭壇とやらを撤去してもらうように公爵に告げ、渋る公爵夫妻を説得するのに時間を要するのだった……。

マクナガン公爵家は、謎というより、既に魔境の域だ。

そう認識を改めた春の日であった……。

第7話　王女殿下と、お兄様と、エリィと。

幼い頃、兄が怖かった。

決して私や妹に向けて、声を荒げたり、手を上げたりするような人ではない。むしろいつも微笑んで、優しく頭を撫でてくれたりするような人だ。

けれど、とても怖かった。

妹のわたくしの目から見ても美しい兄は、『感情』というものをどこかに置き忘れてきたような人だった。

なまじ容貌が整っているだけに、兄は良く出来た人形のようにしか見えなかった。


「エリィに会う時間がない」

目の前で、不機嫌を隠そうともせず、眉間に皺まで寄せながら言うお兄様に、思わず笑ってしまう。

お兄様といえば常に笑顔で、機嫌が良いのか悪いのかすらも悟らせない……というより、『機嫌』などというものがこの人にあるのだろうかと思わせる方でしたのに。

本当にわたくしと同じ『人間』なのかしら……などと思っていた事があったのが嘘のように、目の前のお兄様は不機嫌なお顔をされている。

兄が不機嫌で笑ってしまうというのも失礼な話でしょうが、笑ってしまいますわよね？

その不機嫌の理由が『大好きな女の子に会う時間がとれない』からなんですもの。


わたくしたちは王族です。

父が国王で、母は王妃です。

わたくしたちの生活は、国民より徴収した税で賄われています。だから、無駄遣いはできません。

……そもそも『無駄遣い』というものがどういうものか、わたくしにはよく分かりませんけれど。

民によって生かされているのだから、民の為に生きよ。

そう教えられて育てられました。

とはいえ、幼子のわたくしに、それらを理解するのはとても難しく。

わたくしはとても無邪気で、天真爛漫な少女でした。

お勉強はキライ。それより、お人形で遊びたい。

ご本もキライ。キラキラした絵本なら好き。

お行儀《マナー》の練習もキライ。かけっこして遊びたい。

お野菜もキライ。ニガくておいしくないから。

あれもキライ、これもキライ……。

子供特有の我儘でしょう。乳母も侍女も、強く咎める事はありませんでした。両親も注意はするものの、強くは言いません。

ですので、『何となくダメな事』という程度の認識でした。

きっとこれらは、『子供であれば、ままある事』なのでしょう。実際、妹もそういうところがあります。

ですが、兄は違いました。

お兄様が何かを『嫌い』だとか『イヤ』だとか言うところを知りませんでした。……逆に、何かを『好き』だと言うところも知りませんでしたが。

民に生かされているのだから、民の為に。

わたくしの三歳年長であるだけの子供でしかないというのに、兄はそれを理解していました。

勉学はいずれ己の血肉となる。疎かにすべきではない。

本は知識を与えてくれる。それに知らなかった事を知り、世界が広がる。

マナーは対人関係において、相手を不快にさせない大事な約束事。

野菜は身体を成長させる為に必要なもの。そして、それらを育て、運び、調理した者たちへの感謝を。

そう言われても、わたくしには難しくてよく分かりませんでした。

兄はけれどそれらを、わたくしに押し付けません。

そんな事を言われても難しくて分かりません、と言うと、ただ一言「そうか」とだけ言います。

責める事もなく、怒る事もなく。

そして、落胆などもなく。

常に同じ熱量をしか持たない兄を、いつ頃からか『怖い』と思うようになりました。

怒っていいのに、と。

何故そうまで、淡々と居られるのか、と。


その兄が、婚約者を定めました。

お相手は、わたくしより一つ年下の女の子。

わたくしは、その子に少し同情しました。

お兄様のお相手は、きっと張り合いがなくてつまらないでしょうから。

何をしても、怒りもしない、喜びもしない。そんな人を相手にしなければならないその子は、きっと大変だろうな、と。

兄の外見に、肩書に、権力に群がる人は、沢山います。けれど彼らも、そう長続きしません。何故なら、渦中の兄が何の反応も示さないからです。

まるで『相手をするだけ無駄』とでも言うように。

いいえ、きっとそう思っていたのでしょう。……今も思っているでしょうが。

相手の女の子は、可哀想。

憧れる者も居る『王妃』という座は、無責任に憧れられるほど軽いものではない。……まあ、それを理解しないからこそ、憧れたりするのでしょうけれど。

兄がいずれ背負う『国』という重荷を、共に支え合い、分かち合わなければならないのです。

相手の子は、いつまでもつのかしら。お兄様と、少しでも上手くいってくれるかしら。

そもそも、お兄様相手で『上手くいく』事なんて、あるのかしら？

そんな風に考えていました。

わたくしの考えをよそに、兄と婚約者の方は、順調に交際されていました。

お相手は、エリザベス・マクナガン公爵令嬢。……わたくしは恥ずかしながら、マクナガン公爵家をよく存じ上げておりませんでした。

爵位の順列くらい分かります。『公爵』は、王族に次ぐ地位だという事くらいは。

そして『マクナガン公爵家』という家が、五つの公爵家の中での序列が三位である事だけは、教師に習ったので知っていました。

けれど、『マクナガン公爵』という方を存じません。

「あの家は、変わっているからな……」

お父様はそう仰いました。

「マクナガン公爵家は、あれで良いのです」

お母様はそう仰います。

よく分かりませんが、お父様もお母様も、マクナガン公爵家に対して負の感情はお持ちでないようです。

マクナガン公爵をわたくしが知らないのは、かの方が滅多に王城に姿を現さないからだそうです。

公爵家という家の人々は、殆どの方が城の要職に就かれています。

マクナガン公爵家は城へ出仕しない代わりに、広大な土地を治め、どの公爵家よりも多額の税を国に納めているそうです。それは、代々の公爵がそうだったらしく、今代の公爵も変わりありません。

なので彼らは、『どうしても城へ出向かねばならない用事』がない限り、王城へはやって来ないのだそうです。

マクナガン公爵家が広大な領地を持つ背景には、領地経営の才のあるかの家に、王家所有の管理の難しい土地などをどんどん下げ渡し、どうにか利益の出せる土地にしてもらった……などの経緯もあるそうで。

余り王家からかの家に無理は言えない立場のようです。けれどマクナガン公爵家は、それを盾にこちらに無理を言う事も決してないそうです。

ただ己に課せられた責を淡々と、粛々と、とても誠実に実行していく人々だそうです。

しかし政治に全く参加しないので、マクナガン公爵家は侮られてもいるそうです。

「だが、その気にさえなれば、かの家は国を乗っ取る事も出来ようよ」

お父様はそう仰いました。

何だか恐ろしいお話ですが、お父様もお母様も口を揃えて「まあ、あり得ない事だけれど」とお笑いになりました。

お話を聞いて、わたくしの中の『マクナガン公爵家』の印象が、よく分からないものになってしまいました。

よく分からないお家の、お会いしたこともないご令嬢。

それが兄の婚約者です。

けれど、両親も兄も、公爵家には勿論、ご令嬢にも悪い感情はお持ちでない……。

何だか不思議な方々だな……というのが、わたくしの印象の全てでした。


お兄様が婚約を結ばれてから約一年後、大々的なお披露目の宴が催されました。

わたくしはそこで初めて、エリザベス・マクナガン公爵令嬢とお会いしました。……それまで、お兄様が会わせてくださらなかったのです。

何でも、お話が流れる可能性もあったらしく、その上、かの公爵家は王族との接触を好まないから……だそうですが。

エリザベス様は、とてもお可愛らしい女の子でした。

わたくしも周りからは『お可愛らしい姫君』と言われます。その言葉に、ほんの少しだけいい気になっていた事も認めます。

そのわたくしより、数倍可愛らしい少女です。

ええ、正直に言います。

負けた……‼　と思いました。

まあ、負けておいて良かったと、今では思いますが。……負け惜しみなどではありませんよ？

『敵わぬ相手が居る』と思い知るのは、とても大切な事ですからね。

目の前のエリザベス様は、ふわふわの金の髪が光に透けてキラキラしています。肌は真っ白で、お人形さんのようです。目はくりくりと大きく、とても澄んだ明るい若葉のような色。唇はふっくら薄紅色。

お人形のように可愛らしい少女ですが、その目がキラキラと意思を持っていて、生き生きと見えます。

「エリィ、妹のリナリアだ」

「リナリア王女殿下、拝謁できまして、光栄至極にございます。エリザベス・マクナガンと申します」

わたくしより一つだけ年下にしては、身体の小さい少女です。けれどその少女が、とても綺麗なカーテシーをして、はっきりとした声音で挨拶をしてくれました。言葉にしても、大人であっても恥ずかしくないものです。

「リナリアです。……初めまして」

わたくしは自分の拙《つたな》いにも程がある挨拶を、少しだけ恥ずかしく思いました。

エリザベス様はお兄様にエスコートされ、ソファにゆっくり座ります。その仕草すら、わたくしとは比べ物にならない優雅さです。

それもその筈です。わたくしは『マナーの練習がキライ』なのですから。

ああ、お兄様はわたくしがそう言った時、何と仰っていたかしら？

確か、そう『マナーは対人関係において、相手を不快にさせない大事な約束事』でしたわ。

わたくしの全然なっていない仕草や言葉に、エリザベス様は不快になってないかしら？

そんな風に思い、兄の言葉が身に沁みました。

お兄様とエリザベス様が隣り合って座り、わたくしはその向かいに座りました。どうやらエリザベス様は、緊張されているようです。その彼女の小さな手を、お兄様がぎゅっと握ります。

「大丈夫だよ、エリィ。何も心配いらない」

彼女を見て微笑むお兄様に、エリザベス様も微笑んで頷きます。

あら？　と。

見慣れた兄です。『朝食は家族揃って』が両親の願いなので、わたくしたちは毎朝共に食卓につきます。今朝も見たお兄様です。

けれど。

彼女に対してだけ、『いつものお兄様』じゃないわ。

どこが？　と問われても、わたくしにも答えはよく分かりませんけれど。

それに、兄が彼女を愛称で呼んでいるのにも驚きました。両親はわたくしを『リーナ』と、そして下の妹のマリーローズを『ローズ』と呼んでくれます。けれど兄だけは『リナリア』『マリーローズ』と、決して愛称などで呼ばないのです。

何故、と問うたら、「それがお前たちの名だろう？」と、逆に問われた事が不思議でならないという口調で返されました。

まあ、それはそうなのですけれども……。

何だかとても、寂しく感じたものです。

「お兄様は『エリィ』と呼ばれているのですよね？　わたくしもそう呼んでも構いませんか？」

「どうぞ、ご随意に」

微笑むエリィの隣で、お兄様が少しだけ苦そうなお顔をされていました。

今思えばあれは、嫉妬ですかしら？　ご自分だけが、エリィと呼びたかったのかしら？　小さなお兄様、お可愛らしいですわね。

私はそこで、自分のマナーがなっていない事をエリィに詫びました。エリィは「私は気にしませんので大丈夫でございます」と微笑んでくれました。

「リナリア殿下は、マナーが苦手でいらっしゃいますか？」

微笑んで尋ねられ、わたくしは素直に頷きました。

理由を問われたので、「授業がつまらないから」「それが必要な意味が、よく分からないから」と答えました。

「そうですね……。たとえばですけれど、追いかけっこをしたとします。ルールはご存知ですか？」

追いかけっこ……って、あれですわよね？　一人が追いかける側で、他の子は逃げる側で。捕まったら、逃げる側と追う側が交代する……。

従兄弟のヘニー兄様や妹と、時々お庭でそういう遊びをします。だから知っていました。

「リナリア殿下が追いかけっこをしていたとします。リナリア様が追いかける側で、ある子を捕まえたとします。本当でしたら、その子が追いかける側になり、リナリア様は逃げる側になりますね？」

「そうね」

「でもその子がこう言ったら、どう思われますか？　『私はそんなルールは知らない。追いかける側は面白くないからやりたくない。だからやらない』」

折角捕まえたのに、そんな事を言われたのでは……。

「遊びに、ならないし……、面白くないと思います」

「追いかけっこのルールも、行儀作法も同じ事です。つまり、『その場に居る為に必要なルール』です」

よく分からなくて、首を傾げてしまいました。それにもエリィは気を悪くした風もなく、優しく微笑んでくれました。

「マナーは、これから先、社交の場で必要なルールです。『知らない』『やりたくない』では、ルールを守っている他の方々が『面白くない』と思われるのです。『ここはこうすべきなのに、あの子はやらなかった』、『これはこうなるのが正しいのに、あの子はそうしない』では、周りの方々も面白くないと思われるでしょう」

それはきっと、お兄様が仰った事と、同じ意味の言葉。

けれど、端的に過ぎるお兄様のお言葉より、わたくしに分かり易いようにと話してくれるエリィの言葉の方が、すとんと腑に落ちました。

「……ありがとう、エリィ」

何が？　と言いたげにきょとんとしたエリィに、わたくしは微笑みました。

「ちょっと、分かった気がします。……わたくしこれから、マナーのお勉強も頑張りますわ」

「それは良うございました」

微笑んで頷いてくれたエリィに、わたくしは少し嬉しくなりました。呆れもせず、責めもせず。子供に分かるようにと話してくれた。

わたくしは何だか、エリィの事が好きになりました。

きっとエリィにとっては、当たり前の事を言っただけの、何てことない出来事だったでしょう。けれどわたくしには、とても大切な思い出なのです。

あの日があったからこそわたくしは、『才色兼備』などと勿体ない冠をいただくようになるのですから。


それからというもの、わたくしは何か疑問があるとエリィに訊ねに行くようになりました。

……お兄様とお茶をしている時に行ってしまうと、お兄様が僅かに嫌そうなお顔をなさるのですが。少しくらい、わたくしにも時間をくださってもよろしいでしょう？

エリィはわたくしより一つ年下の筈ですのに、驚くほど様々な事柄を知っています。

どうしてそれ程に色々な知識があるのか、と尋ねると「大抵の事は本に書いてありますので」と言われました。

それからわたくしは、様々な本を読むようになりました。

お勉強も、「『何故そうなるのか』を理解するのは、楽しい事ではありませんか?」と言われ、ただ覚えるだけのお勉強から、その理論を理解する方向へと変えました。

すると、その方法が私に合っていたようで、次第に面白くなっていきました。

もっと深く学んでみたい分野まで見つけました。

子供の頃から言われていた『民に生かされているのだから、民の為に』という言葉も、その『理由』を理解できるようになりました。

少しだけ、『自分は全てをお兄様に押し付けて、好きな事だけをしていて、これでいいのかしら?』という気持ちもありました。

けれど、わたくしに出来るのは、精々が興味のある学問を追求するくらいです。……他に何かできるかしら?

気付くとわたくしは、幼い頃の天真爛漫な少女ではなく、『才女』などと呼ばれるようになっていました。

その名に本当に相応しいのは、エリィの方ですのにね。

ある日、わたくしはエリィに尋ねてみました。

どうしても訊いておきたかったのです。

「エリィは、このままお兄様と婚姻を結ぶ未来に、不満はないの?」

分かっています。とても不躾な質問です。こちらから選んで召し上げたのです。いかな公爵家といえど、断れるものではありません。

もしも不満があったとしても、それを口にするのも憚られるでしょう。

けれど、それでも。

兄は『王太子』です。『次代の国王』です。

その兄と婚姻を結んでしまえば、エリィは『王太子妃』となり、『次代の王妃』となってしまいます。

その責任の重さを、わたくしは少しは分かっているつもりです。

『国』を背負う事を幼い頃より覚悟し、その為に様々な研鑽を積み上げてきたお兄様と違い。エリィには、別の道を選ぶ事もできるのです。わたくしたちのような『生まれながらの王族』ではないのですから。

けれどエリィは、とても穏やかに、綺麗に笑いました。

「ございません」

きっぱりと、当たり前を『当たり前』と言う口調で。

迷いも、淀みも、一切なく。

背負わねばならぬものの重さなど、エリィであればわたくし以上に理解しているでしょう。それでも、何の気負いもなく。

「レオン様が、私に仰ってくださいました。共に道を拓き、共に歩もう、と。そのお言葉を、信じています」

共に。

それはなんて、素晴らしい事でしょうか。

あの『一人で何でもできる』兄が、それでもエリィと『共に歩みたい』だなんて。

どうやら、訊くだけ野暮でした。

不躾な質問をしてごめんなさいね、と言うと、エリィは微笑んで「いいえ」と言ってくれました。

ある日、お兄様がわたくしを「リーナ」と呼びました。

今まで頑なに「リナリア」とお呼びになっていたのに！

わたくしは驚いてしまって、それをお母様にお話ししました。

お母様はくすくすと楽し気に、そして少し嬉しそうに笑っておいででした。

「きっと、エリィに何か言われたのね」

恐らく、そうでしょうね。

わたくしとお母様は、なんだか面白くなってしまって、暫く二人で笑っていました。

だってあのお兄様が。好きも嫌いもなく、感情すらないように見えたお兄様が。

エリィの言葉には、微笑んで耳を傾けるのですから。

妹のローズも、「お兄様はどうされたのですか？」と少し驚いている。

ね？　貴女も驚いたわよね？　ふふっ。

後日エリィに、お兄様に何か言わなかったか？　と尋ねてみました。エリィはその質問に、何か思い当たったように楽し気に笑いました。

「もしや、レオン様から愛称でお呼ばれになりましたか？」

「ええ。わたくしだけでなく、お母様もローズも、とても驚いてしまって……」

兄が妹を愛称で呼んだ事に驚く……というのも、恐らく不思議な話なのでしょうけれど。実際、わたくしの知るご令嬢方のお兄様は、妹を愛称で呼ぶ方が多く居ます。

ふと思い立って、エリィに尋ねてみました。

「エリィもお兄様がいらっしゃるのよね？　やはり『エリィ』と呼ばれているの？」

「まあ……、近いですが違います」

エリィの言葉に首を傾げていると、エリィはとても苦々しい表情をしました。

「兄は私を『私のエリィ』と呼ぶのです……」

「私の……？」

「はい。『私のエリィ』です。……申し訳ありませんがリナリア様、兄の話はここまでにいたしましょう」

深い深い溜息をつきつつ言われてしまい、よく分からないながらも頷きました。

「分かりました（分かりませんけど）。何やら不快にさせてしまったなら、ごめんなさいね」

「いえ、大丈夫です」

エリィとエリィのお兄様は、仲があまり良くないのかしら？　でも仲の悪い相手を『私のエリィ』なんて呼びませんわよね？

……よく分からないわ。

それはさておき。

「今まで絶対に、お兄様がわたくしたちを愛称で呼ぶなどありませんでしたのに、一体何をどう言ったのかしら……と」

「特に大それたことは何も」

きっとエリィにとってはそうなのでしょうけれども……。

エリィはにこっと笑うと、少しだけ楽し気な口調で言いました。

「親愛の情を持つ相手を愛称で呼ぶのであれば、何故、妹殿下方にはそうならないのですか？とお尋ねしただけです」

エリィが言うには、その言葉を聞いたお兄様は、えらくきょとんとされたそうです。お兄様の『きょとん顔』……、見てみたかった……‼　いえ、ゴホン。失礼。

とにかく、兄はそのきょとんとしたお顔で、「逆に何故、立場からして特別である『妹』を、更に愛称で呼ぶ必要があるのだ？」と言われたとか……。

つまり、兄にとって『誰かを愛称で呼ぶ』という行為は、『自身にとってその相手が特別であると分かり易く周囲に示す為』の行為であったようで。

誰かを愛称で呼ぶという行為は、『それだけ』の意味ではありませんでしょうに……。

話を聞いて少し呆れてしまったわたくしに、エリィも少しだけ呆れたように笑っていました。

「私はレオン様に『エリィ』と呼んでいただくのを、嬉しいと感じています。レオン様はどうですか？　何か、そこに感慨はございませんか？」

エリィはそう問うたのだそうです。

それにお兄様は、少しだけ照れたようなお顔をなさったとかで。

お兄様の照れ顔……‼

どうしても、幼い頃のあのお人形のようなお兄様の印象が強いので、そういった感情を前面にだされた表情をするお兄様というのが想像できないのですが。

とにかく、そういうお顔をされたそうで。

「相手に対して抱く感情が好意であるならば、その相手を愛称で呼ぶというのは、何もおかしな事ではないと思います。そして相手も好意を抱いてくれているのならば、愛称で呼ばれるというのはきっと、嬉しい事なのではないかと思います」

そう言ったエリィに、お兄様は「そうか……」とだけ仰ったそうです。

けれど、わたくしやローズを愛称で呼んでくださったという事は、お兄様はわたくしたちに対して親愛の情を抱いてくださっているという事で。

ああ！　とても良いお話を聞けました！

好きも嫌いもない中で、エリィだけが兄の特別なのだと思っていましたけれど。きっと、そうではないのね。

嬉しくなってしまって、わたくしはその話を母にも話して聞かせました。母はやはり嬉しそうに笑っていました。

お母様は、何事にも感情を揺らさぬ兄を、ずっと心配しておられたようです。

「エリィには、沢山お礼を言わなければね」

ええ。本当ですわね、お母様。


お兄様はエリィと出会って、とてもとても変わられました。

そして、お兄様だけでなく、きっとわたくしも、エリィと出会って変わりました。

お兄様の隣で真っ直ぐ前を向くエリィを見て、わたくしもそうありたいと思ったのです。

お小さい頃からお兄様は、『未来の王』となられる為の様々な事柄を学んでおいででした。ですので人一倍、その地位に対する責任感や義務感が強くておいでです。『完璧な王太子』などと呼ぶ者も居ります。

お兄様が『完璧』と称される程に真摯に取り組むのは、当然、国の為であり民の為であります。けれども、わたくしは知っています。

もしもお兄様が『不適格』とされたなら、次代の玉座はまずわたくしに回ってきます。わたくしが『不適格』であるなら、次はローズに。

お兄様は、わたくしやローズに、その重荷を背負わせたくないとお考えなのです。

その重さを理解しているからこそ、わたくしたちが潰れてしまわぬようにと、わたくしたちに過度な期待などをおかけにならないのです。

そうしてそれらをお一人で背負い、わたくしやローズには『兄として』接してくださる。

そのお兄様を、わたくしも微力でしょうがお支え出来たなら。

エリィのおかげで、そう考えるようになりました。

重荷を分かち合うのだとしたら、エリィのあの小さな肩にも、潰れそうな程の荷が負わされるのです。

お兄様を、エリィを、少しでも支えられるように。

彼らの荷は決して他人が肩代わりできるものではありませんが、その重さを少しでも軽くできるように。

以前までは、面白くなってきた学問を追求する為、研究者の道へ進みたいと思っていたのですが、少ぉしだけ方向転換をしました。

どうせなら、学んだ事で直接的にお兄様やエリィの助けになれたなら、と。

国の為、民の為、そして、大好きなお兄様とエリィの為。その為に、わたくしの持つ力を使えたなら。

そんな風に考えるようになっていました。

何が出来るかは、まだ分かりませんけれど。

けれどきっと、近いうちに見つかるのでは……。何となく、そんな予感がしているのです。

第8話　エリちゃん、ペカペカの一年生となる。

マクナガン公爵家始まって以来の難問、と言われてきた兄が、無事に領地に監禁となった。

まあ、本人は『監禁されている』などとは思っても居ないだろう。恐らく毎日楽しく暮らしている筈だ。

フハハハハ……！　マクナガン公爵家の恐ろしさ、思い知るがいい‼（いや、次期当主だけども）　貴様がその地を離れられるようになるまで、一体何年かかるかな⁉

あー、もうホント、お兄様には（ちょこっとだけ）申し訳ないが、めっっっちゃ清々しい‼

因みに、治水と商業施設の誘致・稼働等を全て終えない限り、兄は公爵領から出る事が出来ないようになっている。恐らく兄はまだ気づいていない。

そんで、ふと思ったんだけどさぁ……。

あの兄居なくなったから、エリちゃんお家帰っても大丈夫なんじゃない？

ある日の夕食時、殿下にそう言ってみたらば、びっくりする程「しゅーん……」てされた。

「……そうだね。エリィも慣れない城より、実家の方が安心するよね……」

視線を斜め下に固定して、めっちゃ寂し気な笑みを浮かべて。

「いえっ！　あのっ！　別にどうしても帰りたいって訳ではないんですが……」

慌てて言い訳をした。

美形のしょんぼり顔、しょんぼり感がスゲェんだもん！　当社比三倍くらいあんだもん！

うん、別に、どうしてもって訳じゃないんだ。お城が嫌な訳でもない。こうやって殿下と一緒にお食事とか、むしろちょっと嬉しい。お忙しい方だから、こうしてちょっとした時間を一緒に過ごせる……っていうのは、とても貴重で有難い。

でもちょっとだけ。うん。ちょっとだけなんだけどね……。

「私の、侍女を務めてくれていた者たちに、会いたいなー……とか」

そうなのだ。幼い頃からずっとそこに居てくれたマリナやエルザに、ちょっとだけ会いたい。

ほ、ホームシックとかじゃないんだからね⁉　か、勘違いしないでよ⁉

……誰に向かってツンデレてんのか、分かんないけども。

「ああ、そう言えば……。誰も伴わなかったんだね」

しょんぼり顔をやめてくださった殿下に、私は頷いた。

「彼女たちは、王城へ上がれるような身分を持ちませんので……」

そう。

国の最重要機関である王城へは、入る際に細かな身辺調査が必要となる。

彼女たち……というか、我が家の使用人の大半が、それをパス出来る身分ではない。大体、『元殺し屋』とか『元他国の傭兵部隊長』とか『元暗殺者』とか『元詐欺師』とか……。そんなのが過半数を占める我が家がおかしいのは分かってる。

しかし私には、長年慣れ親しんだ人々なのだ。

「保証人が居るならば、随伴は可能だった筈だ」

「……そうなんですか？」

殿下は頷くと、私の頭をよしよしと撫でてくれた。

「ああ。後で書類を用意させよう」

「ありがとうございます！」

にこっと笑う殿下を拝もうとしたら、殿下に手首をがっちり掴まれ止められた。

拝ませてくれぇ‼　我が神よ‼

「侍女の手配は有難いのですが、レオン様は大丈夫なのですか？」

「何が？」

平然と尋ね返した殿下に、軽く首を傾げた。

「私が城に居座る事で、レオン様に不名誉な噂などが立ちませんか……？」

そう。

たとえ婚約者といえど、未だ婚姻前である。その相手をこれといった理由もなく王城に留め置いたなら、『婚姻前から囲っている』などの噂のタネを蒔く事にならないだろうか。

ただでさえ殿下、一部でロリコン疑惑出てんすよ……。ご本人、知ってるのかどうか、怖くて聞けないけども。

「別に、噂したい者がいるのなら、させておけばいい。恐らくその内、静かになる」

にこっと微笑みつつ言われたが、「ソーデスカ……」としか返事できなかった。

『静かになる』って、『黙らせる』って事っすよね……。

今日もさす殿ですね……。


「王太子殿下にはご高配賜りまして、感謝いたしております。マクナガン公爵家侍女、エルザ・クロウウェルと申します」

「同じく、マリナと申します」

ぱんぱかぱーん！　やりましたー‼　二人を呼ぶ事に成功しましたー！

エルザは身分はしっかりしているものの、元王城の暗部所属という経歴がアレでナニだった。ところが、エルザの御父上である国王直属特殊部隊『梟』の長が、エルザの身元保証人となってくれました！

……書類見た人、びっくりしただろうなぁ。

マリナは経歴などは全て抹消されている。我が家の使用人、有能過ぎる。

出自ははっきりしないが、何か国かを渡り歩いてこの国に辿り着いた、元裏稼業がマリナだ。マリナの養父がゴリゴリの裏稼業の人間で、その養父はとうに世を去っている。

なので単に『孤児』として、保証人に我が家の執事トーマスとお父様が付いてくれたのだ。

トーマスは我が家の分家の出身で、子爵位を持っている。爵位ってこういう時強いわね。

今日は晴れて殿下にご紹介だ。

「……書類を見た時も驚いたのだが、エルザ嬢はカイエンの……」

「娘にございます」

「そうか……」

殿下が絶句しておられる。

そっか……。殿下が書類見たのか。いや、そりゃ見るか。そんでやっぱ驚いたかぁ……。

「二人とも、私をずっと兄から守ってくれた恩人なのです」

そう紹介するとエルザとマリナがちらっと目を見合わせて笑った。

エルザは今二十七歳、マリナは二十三歳だ。二人とも結婚は？　と尋ねると、二人揃って「ウフフ……」と笑うので、怖くて余り聞けない。

「そうか、エルリックから……。それはご苦労だった」

殿下の労いに、めっちゃ感情が入っておられる……。

二人も「お言葉、有難く存じます」と深々と頭を下げている。

この二人にとっても、殿下は『救いの神』だ。あ、マリナ、こっそり手を合わせてる。見つかったら叱られるから、隠して、隠して！

パパパっとハンドサインを送っていると、それに気付いたらしい殿下がにこっと微笑まれた。

「今のは、何というサインかな？」

「き……気のせいでございますヨ……。サインなんて、何にも……」

軽く声が裏返った。

エリちゃん、嘘吐けないの～……。

「そう。気のせいか。……私も今度、公爵に教えを請うとしよう」
やめてぇ‼　殿下はあんなの覚えなくていいから‼

四月に入り、お父様から手紙が届いた。

「何と‼」

読みつつ思わず声を上げた私に、お茶の支度をしていたマリナが怪訝な顔をした。

「どうなさいました？　旦那様は何と？」

「お兄様のスタインフォードの入学を、取りやめたらしいわ」

入学を辞退した事、兄は領地で元気に働いている事、そして領地の警備体制……。

そんな事が書かれていた。

領地が兄にとってだけ、完全なる陸の孤島と化している……。これ脱出したらスゲェな、兄。

「ではあのクソむ……んんッ、ゴホン、失礼いたしました、坊ちゃまは、スタインフォード校に入学される事は金輪際ないのですね。良かったですね、お嬢様」

「そ、そうね……」

クソ虫って言いかけたな。全然誤魔化せてないマリナが好きだよ……。でも殿下の前では控えてね。

我が家の使用人たちの間で、あの兄は『クソ虫』と呼ばれている。隠れて言っているつもりのようだが、私たちの耳にもしっかり入ってきている。が、私たちが止める理由はない。何故なら、クソ虫はクソ虫だからだ。

マリナは私の侍女なので、『対クソ虫』の最前線を守ってきた猛者だ。クソ虫絶対許さないマンだ。

彼女が傍に居ると居ないとでは、私の安心感が違う。長年の信頼と実績は伊達ではないのだ。


さあ！　やって参りました！　入学式当日でございます‼

マリナが髪型はどういたしますか、と聞いてきたので、可愛く縛ってくれィ！　とお願いしたらば、可愛らしい緩いおさげになった。

対クソ虫最終兵器なだけでなく、侍女としても有能。ステキ。

お父様とお母様にいただいたワンピースを着て、殿下からいただいたネックレスを装備して、いざ出陣じゃ！

王城の裏手へるんた、るんた♪と歩いていくと、既に殿下がお待ちになられていた。

「すみません、お待たせいたしました」

「いや、大丈夫だよ。私こそすまない。式の時間より大分早い出発になってしまって」

そう。式の開始が午前九時。現在は午前七時だ。

学院までは、大体十五分程度。かなり早く到着する。

何故こんなに早く出発するかというと、殿下が新入生代表の挨拶をなさるからだ（ワー、パチパチ！）。

王族だからではなく、首席入学者だからである。さす殿。

その事前打ち合わせの為、殿下は早く登校する必要があるのだ。因みに、私には早く登校する理由などない。ハハハハハハ！

殿下に貰ったネックレスを装備してると、知力《INT》が5くらい上がる気がする。

マリナがグレイ卿にご挨拶している。

マリナとエルザは、こちらへ来てから何度も、彼らと色んな打ち合わせをしている。エルザに至っては、暗部とも何か打ち合わせていた。

ウチの使用人が有能！　時々ちょっと怖い！


学院の正面には広い馬車留めがあるのだが、私たちの乗った馬車は学院の裏手へ回った。

理由は単純。王家の馬車は目立つのだ。

目立たない馬車もあるにはあるが、それにも必ず王家所有の印は入っている。結局、大差ない。

それ以外の馬車となると、式典用のめっちゃ豪華なヤツになる、との事だった。

頭の中に浮かんだ天皇陛下のご成婚パレードの際の馬車を「こういう感じですか？」とイメージしつつ尋ねたら、「大体そういう感じだね。私たちが婚姻式典を終えたら、それに乗る事になるよ」とにっこにこの笑顔で返された。

乗るんだ、アレ……。わぁ……。

殿下にエスコートしてもらい馬車を降りたが、グレイ卿とマリナの雰囲気がピリッとしている。

「エリィ、行こうか？」

気にする必要はないという風に、殿下が手を引いて微笑んでくださる。

とはいえ、何があんのか気になるのが人情。マリナをちらりと見ると、マリナがふんわりと微笑んだ。

「大丈夫でございますよ。……王城の方々は、優秀でございますね」

あ、片付いたんですね。それは何よりです。

「さあ、行こう？」

微笑んだ殿下に、「はい」と頷いて歩き出した。

——のはいいのだが、何故か殿下としっかり手を繋いでいる。というか、殿下が私の手をがっちり握っている。

普段は殿下の腕に手を添える形の、所謂『エスコート』だ。これはそうではない。

あれだ。『恋人繋ぎ』。いや、別にいいんだけども。

殿下は現在十六歳だが、すでに身体が出来上がりつつある。

身長は見上げるばかりなのでよく分からないが、百八十センチ近くはあるのではなかろうか。百七十は超えているだろう。デカい。殿下に正面に立たれると、殿下の胸元以外何も見えなくなるくらいにはデカい。

縦に長いだけでなく、きちんと剣の鍛錬も続けているので、所謂細マッチョ系だ。だが決してヒョロくない。手足も長く、ただの立ち姿すら優美なお方である。

そしてご尊顔は、神々しいばかりの美形だ。幼い頃から目が潰れそうな程の眩《まばゆ》い美少年だったが、現在はシャープな美形である。眩さは変わらない。いや、『神』という属性が付与された分、今の方が眩《まぶ》しいかもしれない（マクナガン公爵家限定アビリティだが）。

その神にも等しき美青年が、ちんまい十二歳の女児と手を繋いで歩いているのだ。

絵面のヤバさよ……。

エリちゃんはまだ育ちますけどね！　……現状は、身長百四十センチ（鯖読んで）なんですよ。お胸に何の主張もないし、おケツもすとーんですよ……。

でも美少女だもん‼

「エリィ？　どうかした？」

黙ってしまっていた私の顔を、殿下が怪訝そうな顔をして覗き込んでくる。

顔、近っ！

「なんでもありません。……ちょっと緊張してるのかもしれません」

「そう？　何かあったら、言って？」

「勿論です」

微笑んで頷くと、殿下は身体を戻した。

どうも殿下は、さっきのような行動を面白がっているフシがある。

くそう……。美形なら何しても許されるとか思うなよ‼　……思ってないだろうけど。

殿下は学院側と打ち合わせの為、教員室へと行ってしまった。

さて、私は何してようかな……。

「ねぇ、マリナ」

「はい」

後ろに控えるマリナに声を掛けつつ振り向く。

「学院の地図は、頭に入ってる？」

「勿論でございます」

頷いたマリナに「ほぅ……？」と呟いたら、マリナがにっこりと微笑んだ。

「探検などをなさる時間は、ございませんよ？」

「……左様でございますか……」

「左様でございます」

ぴしゃりと笑顔で言われ、溜息をついてしまった。

たんけ～ん、はっけ～ん♪　などと歌いつつ、のんびりと校舎内を歩いてみた。

やがて、中庭らしき場所に出た。

「ほほぅ……。中々良い雰囲気」

広々とした庭園で、中央に大きな木が一本。離れた場所には噴水とベンチ。低木と芝生がバランスよく配置されていて、遊歩道のようにテラコッタが敷かれている。

中央の木は何だろうか。非常に立派な木だ。大分気になる木だ。何とも不思議な木ですからね！

せめて花でも咲いていてくれたなら何の木か分かるかもしれないが、青々とした葉が茂っているだけである。……あん？　葉っぱだけでも分かるって？　分かんねぇよ。こちとら、食えねぇモンに興味はねぇんだよ！

「ユズリハでございますね」

木をじっと見ていたら、マリナが教えてくれた。

「へー……。花でも咲いてくれたら、私でも分かるんだけどなぁ」

「咲いておりますけれどね」

笑いながら言うマリナに、チッと心の中で舌打ちする。

ちょっとくらいカッコつけさせろやぁ！

あ、そうそう。王城の大庭園に咲く花は覚えましたよ！　五歳のあの日、大分恥ずかしい思いをしたからな！　それ以外？　食えねぇもんにゃ、興味ねぇっつってんだろ！

ユズリハは、新しい葉が芽吹くと、代わりに古い葉が落ちる。『譲り葉』である。その生態から、『代々途切れる事無く続く』縁起物としての側面もある木だ。あと葉っぱが中々の強毒だ。間違っても食ってはならない。

そういう知識はあんだけどな！　見ても分かんないもんは分かんないね！　だって食えねぇし！

「知識は『継いでゆくもの』って事かしらねぇ？」

この学校なら、そんな感じだろう。

「その通りです、お嬢さん」

静かに肯定され、ちょっと驚いて声のした方を見た。

教師だろうか。中年の男性が居た。

「新入生ですか？」

「はい」

「私は文科講師のヒューストンです」

「エリザベス・マクナガンと申します」

ぺこっと頭を下げると、ヒューストン先生が僅かに驚いたような顔をした。

「ああ……、貴女がエリザベス様でいらっしゃいましたか。これは失礼を……」

「いえ、おやめください。貴方は師で、私は徒でございます。それ以上のものは、必要ありません」

ちゅうか、中年男性に畏まられると、何かスゲー申し訳ないからやめてください！

いや、分かるけど。立場が立場だから、不敬とか何とかあんの分かるけど。でも『学校』って世界じゃ、『先生』が『生徒』より上でイイじゃん！　て思うんだよね……。こっちが教えを請う立場なんだしさ。

「それよりヒューストン先生、この木がユズリハであるのは、そういう意味なのですか？」

ユズリハの木を見て尋ねると、先生もそちらを見て微笑んだ。

「はい。知識を継いで、絶やす勿《なか》れ、です」

「素晴らしいですね」

仰る通りだ。

きちんと継いでいけていれば、アンティキティラの機械《超有名なオーパーツ》だって謎でも何でもなくなるのだ。オーパーツなんて一つも無くなるのだ。

……浪漫もなくなるが。

「きちんと、継いでゆかねばなりませんねぇ」

私の持つ、チンケな知識も。

「それを、学院が担うのですよ。我々が生きている間は、記録し続けるのです。そして、次代に継いでゆくのです」

「素晴らしいです」

うんうんと頷いていると、ヒューストン先生が軽く笑った。

何ぞ？

「マクナガンさん、後で時間がありましたら、化学講師と物理講師をお訪ねなさい」

そ、それはもしや……！

「硬くなる現象については、解明できるかもしれない、との事ですよ」

やったぁぁぁ～～～!!　出しとくモンだぜ、オマケのレポート！

化学と物理の専門家が居るのだ。訊かねばなるまい、と使命に燃え、あの味なし超硬クッキーに関しての質問をぶつけてみたのだ。

やったぜ！　と浮かれて、そしてはたと気付いた。

「……もしや、ヒューストン先生も、あれをお読みに……？」

なられたのだろうか……。

あの、力いっぱい真面目にふざけた、あのレポートを……。

「はい。読ませてもらいました。レポートであんなに笑ったのは、久しぶりでした」

超イイ笑顔で言う先生に、私はがっくりと項垂れてしまった。

そうですか……と返す声が小さくなったのは、仕方のない事だろう。

いや、笑ってもらえたならば本望だ‼ 強がってなんかない！ 本心だ！

学園探検をしているうちに、他の新入生らしき人々がぱらぱらと見え始めた。

いーま、なーんじ？ とポケットから小さめの懐中時計を取り出し見ると、八時を少し回ったところだ。

そろそろ、講堂へ向かってみようか。

私の手でも持て余す事のない小さめの時計は、殿下からの去年の誕生日プレゼントだ。文字盤で真鍮のムーヴメントがくるくる動く様が見える構造は、私のハート鷲掴みだ。……裏蓋に王家の紋が入ってるのだけが怖いけど。

毎年外れがなさすぎて、隙なさすぎて、素敵ィ。さす殿！

講堂の位置をマリナに教えてもらいつつ、るんた、るんた♪と歩いていく。身体が小さいお陰で、歩くのが遅いのだ。

いや、もっとおっきくなるけどな‼ 今はまだその時でないだけだ！ 殿下にいつまでもロリコンの濡れ衣を着せてる訳にゃいかねぇ！


重厚な佇まいの講堂へ到着しました。

安田講堂をちっちゃくした感じ？　石造りのがっしりとした建物だ。個人的には、こういうのは大好きだ。

王城のような優美・繊細・華麗な建物も良いが、こういう重厚・荘厳・武骨な物の方がときめく。

まあ、『重み』が感じられるものが好きなだけどね。歴史の重みとか、名前の重みとか、色々とね。この講堂にはその、歴史の重みや、学院の格式としての重みなどがある。素晴らしい。

建物が格好良く、雰囲気も素晴らしく、無駄にご機嫌になってしまう。

るんた、るんた♪と入り口を潜り、すぐそこにある『入学生　受付』と書かれた場所へ向かう。

「おはようございます」

受付のお姉さんに挨拶されたので、「おはようございます」とお返しする。

「入学生の方ですか？　お名前をお願いいたします」

尋ねられ名乗ると、お姉さんは名簿をチェックし、積み上げてある冊子を一冊手渡してくれた。

「こちら、校内の施設の案内と、諸注意のパンフレットでございます。式の後で、事務局長からの説明の際に使用いたしますのでお持ちください」

はい、と返事をしつつ受け取ると、お姉さんの後ろから別のお姉さんが出てきた。

「エリザベス様は、警備の関係がございますので、最後の入場とさせていただきます」

「あ、はい。分かりました」

良からぬ輩が私の周囲の席に座ったりしないようにだ。

私の席は他の生徒と離れ、講堂の後ろの隅っこの方にとってあるそうだ。そして、マリナが隣に座ってくれるらしい。

ぼっち席でぼっちじゃないなんて！　素敵‼　これぞ王族特権！

お姉さんに案内され、他の生徒の入場が終わるまで、講堂内の控室のような場所に通された。

いやー……、気を遣わせてすんません。

待っている間ヒマなので、先ほど貰ったパンフレットを開いてみた。

学校案内図があるやーん！

学内にある建物は、現在居るこの講堂、本校舎、実習棟、図書館、カフェテリア、そして寮だ。

本校舎の裏手にはどうやら、運動場（という名のだだっ広い土地）があるようだ。そちらの方に馬房もあるようなのだが、馬を何するのだろう？　学院の馬車でもあんのか？　社用車的な。カフェテリアはリーズナブルなお値段で軽食を提供してくれるらしい。これは行ってみなければなるまい……。図書館も行ってみなければ。どうでもいいけど、馬房も気になる。

あー……、新生活始まった！　って感じ！

この、知らないとこでワクワクする感じ、めっちゃ久しぶり！

ウキウキ気分でパンフレットを眺めていると、ここまで案内してくれたお姉さんが「お待たせいたしました」と戻って来た。

入学式は、結構あっさりサクっと終わった。

みんな、話短くてええね。学院長の挨拶は三分程度だったし、殿下の挨拶も五分程度だったし、教員紹介は十分程度だったし（覚えらんないけど）。

おい、見習え⁉　日本の校長たち！

そして、事務局長による、学院での諸注意などの話になった。学校の施設の説明を聞いていると、私の隣に殿下がやって来た。

「お疲れさまでした」

こそっと言うと、殿下がこちらを見て微笑んだ。

「別に、疲れる程の事は話していないが」

「そうですね。皆さまお話が端的で短くて、素晴らしいなと思いました」

炎天下の全校集会で、校長の長話の最中に貧血でぶっ倒れた事がある。この学校では、そういう事態も起こらなそうである。

「長々と話しても、どうせエリィは聞いていないだろう？」

からかうように笑う殿下に、「まあ、そうですけども」と返しつつ少し不満を顔に出すと、殿下が私の頬を手でむにっと抓《つま》む。

「別に悪いなんて言ってないよ」

「確かに。言われてませんね」

笑いつつ返すと、殿下も笑って手を放してくださった。

事務局長の話が一番長く、一時間程度かかった。

まあ長いとはいえ、施設の使用方法だとか、決まり事だとか、ここで生活していく上で絶対に必要な情報ばかりなので、特に時間は気にならない。

そして次は場所を移し、本校舎へ移動だ。

私と殿下はやはり、集団から少し離れた最後尾だ。

流石、あの試験を潜り抜け、ここに『勉強をする為に』集った人々だ。ダラダラ動く者が居ない。いかにもやる気のなさそうなヤンキー崩れも居ない。『ヤンキー崩れ』という人種がこの世界に居るのかどうかも定かではないが。

静かに移動を開始する人々を見ていると、隣に立っていた殿下がまた、私の手をぎゅっと握って来た。

「……レオン様？」

「うん？」

こちらを見てにこっと笑う殿下の副音声が聞こえる。『何か言いたい事でも？　ないよね？　ないよね!?』だ。

「……いえ、別に、何も。……ハイ」

「そう。そろそろ行こうか、エリィ」

「はい」

手は離さない訳ですね。……いいけどさ。

前を行く集団の方々が、時々こっちをチラチラ見てんのよね〜……。殿下のロリコン疑惑の払拭、結構難しいんじゃないかな〜……。

まあいずれね！　私が『オトナのオンナ』になった暁にはね！　そういう噂も霧消するだろうけどもね！

その時が楽しみだわぁ〜。

ところで事前に、殿下に「何故、学院に通おうと思ったのか」を尋ねてみた。

殿下の学習レベルは、学院の一般教養を遥かに超えているからだ。ただでさえ多忙な殿下が、時間をなんとかやりくりしてまで通う理由は何なのか、気になったのだ。

何かそんなに学んでみたいジャンルがあるのかな、とか。師事してみたい講師の先生でもいらっしゃるのかな、とか。

殿下からお話があった時に「エリィと通おうと思って」とは言われたが、それは殿下ご自身が通われるついでに、私も一緒に……という話なのだろうし。

それに殿下はにこっと微笑まれた。

「ただ単に、エリィと同じ学校に通ってみたかったんだ。これくらいの我儘は許されるのではないかな、と思ってね」

おぉう……。予想外の理由がきましたぜ……。

理由、マジでそれだけでしたか……。

ていうか、『一緒に通ってみたかった』っていうだけで、合格率がギリ二桁みたいな学校選ぶとこが殿下でございますよ……。

まあ、でも。

私もこの学校には元々興味はあったし、もし時間が取れるようならいずれは……とかも思ってたからね。殿下のおかげでそれが叶ったのは、素直に嬉しい。

あとついでに、『殿下に受験資格取り消しなんてさせられねぇ！』というプレッシャーのおかげで、なまけ癖にちょっとサヨナラできたしね。部屋もピカピカになったし！

まあ折角だ。私も楽しんでやろうじゃないか。

まだまだ知らない知識は山ほどあるし、学んでみたい事だって山ほどあるんだし。その為の機会と時間を貰えたんだ。

楽しい学院生活にしてやるぜ!!

あとちょっと思ったんだけど……。

殿下の『我儘』が、ささやか過ぎてちょっと悲しい。

もっと『自分の為』の我儘、言ってもいいんですよ？　叶える、叶えられないは別として。

ちょっとくらい我儘言っても、今更、殿下の事を嫌いになったりとかしませんから。

そう言ったら、ちょっとだけ嬉しそうに笑ってらしたけど。

どうせ、『我儘を言う』とか、知らずに生きてきたんだろうけどね。言える相手も居なかったのかもしんないけど。

今は隣にエリちゃん居ますからね！

私は無理なら『無理！』って言いますからね！

だから、気にしなくて大丈夫ですよ！


さて、私たちが通う事になるスタインフォード学院だが、今年で創立百五十周年だ。私たちはつまり、キリの良い百五十期生である。覚えやすい！　ビバ！

そして今年度の入学生の人数は、なんと三十九人だった。定員、一名割れてるわね……。入学を辞退した人でも居たのかねえ（すっとぼけ）。

ギリで落ちた人、申し訳ない!!　我が家のクソ虫のせいで!!


あっという間に、入学式から一か月が経過した。

初年度の前期は、大学でいうところの「一般教養」の授業だ。なので同期生全員が受講する。

……いや、それ以外にも単位落としてる先輩たちが居るんだけどね。全員で約五十人くらい教室内に居るけどね。

前期終了時に試験があり、それで合格なら専科に分かれていく。不合格ならばもう一回である。

後期の一般教養の授業は、中々の悲壮感が漂っているらしい。

『一般教養《パンキョー》の主《ヌシ》』と呼ばれる二十代の学生さん（男性）が居るけど、あの人、三年くらいここか

ら進めてないらしい……。あと三年しかないじゃん、主さん！　頑張って‼

主さんとか、主先輩とか呼ばれてるけど、本人、どう思ってんのかな……。

今日は殿下はお休みだ。

殿下は現在、隣国へご公務へ行かれている。いつもご苦労様っス！

行く前に散々、「早くエリィも一緒に行けるようになるといいのに」とゴネておられた。

エリちゃん、お留守番、大好きデスヨ？　隣国の王子……っと今は国王か、クソめんどくさいから行きたくないとか、思ってませんよ？

お帰りは二週間後のご予定。「行きたくない」、「エリィと一緒に学校に通いたい」と、珍しいくらいにゴネまくっておられた。

殿下、どしたの？　子供返り？　……子供殿下もゴネたとこなんて見た事ないけど。それとももしかして、我儘言ってみただけかな？　……でも、外交を我儘で取りやめは、エリちゃんには無理だわ……。ごめんなさい、殿下。エリちゃん、無力です。

入学してから一か月経過したとはいえ、私には特に『親しい友人』などは出来ていない。殿下も然りだ。

王太子殿下とその婚約者というモノホンの国の要人が通うにあたり、事前に学院から全生徒に通達を出した。

学内での、殿下と私への接し方についてだ。

これは、私たちの要望もなるべく盛り込んでもらった。

そもそも、婚約者風情である私と違い、殿下は本物の雲上人だ。平民は一生言葉を交わす事のない人の方が多いだろうし、貴族にしても『お見かけした』以上の関わりを持つ者の方が少ないレベルのお人だ。

そこに萎縮されてはつまらない、と殿下が仰ったのだ。

それに、廊下ですれ違ったりする度に、いちいち最敬礼など取られても面倒くさい、と。

なので学内に限り、一般的な礼儀さえなっていればそれで良い、とする事にしたのだ。

すれ違う人は普通に会釈をしてくれる。それで充分だ。

殿下は「エリィもそれで大丈夫？」と気を遣ってくださったが、むしろ常にそれでいい。いや、それがいい！

あとは、不要な贈答品の禁止などだ。

プレゼントとか持ってきても、受け取らないよ～という事になっている。……まあ、建前だが。

食品等も、手作りは受け取らない。何が入ってるか分からんので。特に殿下宛ては怖い。

手作りは受け取らない。裏を返せば、店屋物ならＯＫ。

そういう訳で（どういう訳だ？）、私は何故か、他の生徒からよくお菓子を貰う。……何でだ。子供にはお菓子ってか……。いや、貰うけども。そして貰ったら食うけども。

有名菓子店で購入した菓子類でも、一応、お毒見はされる。今も、同期の女の子に貰った焼き菓子を、マリナが異常に鋭い視線でチェックしている。全てを少しずつ取って食べ、大丈夫と判断されたら私に渡されるのだ。

私の同期となった学生の内、女子は私を含め四名だ。思ったより居たな、というのが正直なところだ。

……因みに、私は現在在籍する学生の中で、最年少だ。子供扱いしたら、許さないんだから！

（ツン四、デレ六で）

女子はマリーベル・フローライト伯爵令嬢、エミリア・フォーサイスさん、イングリッド・エヴァートン侯爵令嬢だ。

『仲良し』という程親しくはなっていないが、縁あって同じ教室で学ぶ同士だ。互いに軽く自己紹介くらいはしあったのだ。なんせ、たった四人しか居ない女子だしね。

因みに、全校生徒でだと、女子は十六人だ。すっくな‼

マリーベル嬢の志望は経済科だそうだ。家が商売を営んでいるので、その販路の拡充や、効率の上昇などを重点的に学びたいらしい。子爵から伯爵に陞爵《しょうしゃく》したばかりの家のご令嬢なので、殿下もフローライト伯爵家の名前はご存知であられた。

この国の女性で、家の商売に積極的に関わろうとするのは、かなり珍しい。しかも、貴族のご令嬢でだ。

女性の社会進出を咎めはしないが、特に後押しする者もない世界なので、貴族のご令嬢がこうして社会へ進出するというのはいい契機になるかもしれない。……と、勝手に期待を寄せている。頑張ってほしいものだ。

エミリア・フォーサイスさんは本人曰く『由緒正しい庶民』。家系が五代くらい遡れるらしいけど、どこを見ても全員庶民なのだそうだ。十五歳の、笑顔が優しい女の子だ。殿下が居ない日には、必ずと言っていいほど私にお菓子をくれる。優しい。いつもありがとう。

三つ下の妹さんが病気がちだったそうで、よく診療所のお世話になっていたらしい。残念ながら妹さんは既に他界されたそうだが、彼女は最期まで尽力してくれた診療所の人々に強い感銘を受けたそうだ。当然、志望は医療系。

「あの時もし私が居れば妹は死ななかった！　て思えるくらいのお医者様になりたいんです」と微笑んで言っていた。強い口調ではなかったが、意志と決意の強さが窺えた。

ふんわりしたお嬢さんなので、恐らく患者に優しい良い医師となってくれるだろう。

そして今日もお菓子をありがとう。マリナが毒見してるのを横目でちらちら見てるけど、どれもめっちゃ美味しそう。早く毒見終わんないかな……。

そして最後の一人のイングリッド・エヴァートン嬢。エヴァートン侯爵家のご令嬢だ。

授業が始まった初日に、相手は高位貴族のご令嬢だから……と、一応挨拶をした。

三年間、宜しくお願いします、と頭を下げた私に、「どうぞ、よろしく」と頭を下げる事もなくめっちゃ上から口調で言ってくれた。

……殿下がイラっとされて、宥めるのが大変だった。いや、言うても私もイラッとしたけどね！　生粋の庶民のエミリアさんより礼儀がなってないって、どういう事だ⁉　とか思ったけどね！　ていうか、今も思ってるけどね！

見る限り、真面目に勉強してる風でもないいんだよね……。あの子、何しにこの学校来たんだろ……。ここ、勉強以外やる事ないのに……。

「お嬢様、お待たせいたしました。どうぞ」

検品・毒見を終えたマリナが、お菓子の入った箱を手渡してくれた。

中身はフィナンシェ、ガレット、サブレ、ダクワーズと様々だ。洋菓子の宝石箱やぁ～。

中からダクワーズを取り上げ、もすっと齧る。

絶妙なもすもす感！　歯の裏に生地がくっつく、この感じ！　嫌いじゃない！　嫌いじゃないぞ！　中のジャンドゥーヤクリームもおいちい。アーモンド風味の生地もおいちい。

流石は今王都で最も人気の菓子店!!　この菓子を作ったのは誰だ！　って店に乗り込みたいレベル。

なんかみんな、殿下がお休みの日になると、こうやってお菓子くれるんだけど……。

殿下が受け取らないからかな？　でも、めっちゃおいちいから、殿下にも分けたげたいけどな……。

それとも、殿下居なくてエリちゃん寂しそうに見えるのかな？　こ、子供扱いしないでよね⁉

（定期的なツンデレ）

サブレもおいちい。ハトなサブレよりおいちい。いや、ハトも好きだけど。ひと箱が三日でなくなった時、何が起こったのかと思ったけど。そんな食ってない筈だ！　ってゴミ箱見たら、全部食べてた。いつの間に……。

お菓子をもぐもぐしていると、一人の女子生徒がやってきて、封筒を差し出してきた。

マリーベル・フローライト嬢だ。

「あの、失礼は承知なのですが、これを読んでいただけませんでしょうか……」

差し出されている封筒は、可愛らしい小花柄である。

え⁉　ラブ♡レター⁉

「えっと……、はい」

よく分からないながらに受け取ると、彼女は小さく礼を言い、そそくさと席に戻っていった。

何だろう。

口では言い辛い事でも、あったのだろうか……。もしかして、ダクワーズのクリームがどっかについてたとか？　それは恥ずいわ。

口元をさりげなく触ってみたが、そんな気配はない。気を付けて、ちっちゃいお口で食べてたしね。

「何でございましょうね？」

後ろに立つマリナも、不思議そうな声で言っている。ホントにな。

まあ、中身を見てみるか……、と封筒をぺらっと開けた。

あら～、便箋も可愛いわぁ～。

縁がレース模様にカットされた、女子力高めの便箋だ。『手触り最高！　書き心地至高！』という理由で、真っ白な面白味のない便箋を愛用している私と、雲泥の差だ……。

……でもあの便箋、殿下も褒めてくださったもん……。お世辞かもしんないけどさ……。

女子力の差に勝手に打ちのめされつつ便箋を開いて、驚いて固まってしまった。

そこには、やはり女の子らしい文字が並んでいた。

『もしもこれが読めるのならば、放課後カフェテリアに来て下さい。お話ししたい事があります。』

果たし状……だろうか。

いや、問題はそこではない。

「これは……、何と書かれているのですか？」

覗き込んだマリナが、不思議そうな声で言った。

彼女には読めないだろう。きっと、博識な殿下であっても読めない筈だ。

それは、日本語で書かれているのだから――。

番外1　マクナガン公爵家の日常　～爽やかに薫る五月の風に乗せて～

五月の風は爽やかだ。

日本でも五月はいい季節だったしねぇ。前世の子供の頃、家の柱の自分の背丈のところに釘でガリって印したら、お母さんが「あぁぁ……」て膝から崩れ落ちたの思い出すわぁ。新築だったから申し訳ない事してしもた。前世の母よ、その節はすまんかった。

この世界も五月は心地よいものよ。……ちょっと湿度低すぎて、肌がカサってするけど。

十一歳のエリちゃんでさえカサってするから、お母様、大丈夫かな……。そんな心配したら、どんなリアクション来るか分かんなくて出来ないけど。


こちらの世界でも、一週間は七日である。

月曜から日曜で、土日休みが多い。お城のお役所なんかは土日祝日が休み。曜日の名称は本当は『月曜』とかじゃないんだけど、分かり易さ重視で私は日曜日は市場へ出かけ、月曜日にお風呂を焚いてと日本的名称で行きたい。

分かり易さ、大事。

どうでもいいけど、月曜に風呂焚いたら、月曜の夜にでも入れよ。なんで風呂入るの火曜なんだよ。

今日は土曜日だ。……現状、私にはあまり曜日は関係ないのだが。ただ、土日は大抵家に居る。お城の色んな部署がお休みなので、ついでに私もお休みだ。今はやっていないが、以前の王太子妃教育なんかも、土日はお休みだった。

私は今、来年の春にはスタインフォード校を受けたい、というか受けねばならぬ！　という事で、論文作成真っただ中だ。

それに際し、家族会議を開いて論文の内容を決めた。

折角、クソ大変な思いをして論文を綴るのだから、それを何かに活かせやしないだろうかと、父に相談したのだ。現状、ウチで調査が必要な部門とかないかね？　と。

どうせ、すんごい量の文献漁るし、調べるし、それ文章に纏めるんだからさ。何かに使えた方がいいかなーって。これぞ秘技『勿体ない精神』！

結果、これを上手く活用したら、兄を多少は大人しくさせられるのでは？　という画期的な案が出た。画期的過ぎて、ダイニングに集まった使用人含む十数名がスタンディングオベーションだった。

ノリの良い家庭で嬉しい限りだ。

因みに発案者は執事のトーマスだ。さすがは執事だ。貴族家出身最上級職『執事』は、洗濯メイド《アンナ》やポーター《豆腐メンタル下男》なんかと違って、頭の出来が良い。

という訳で論文作成の為、資料となる本を読んでいたのだが、なにやら外が賑やかな気がする。

窓を開け、バルコニーに出てみる。余談だが、バルコニーにはマキビシが落ちているので、これらを踏んでも大丈夫なように、私専用の木製のソールのつっかけが部屋に常備してある。普通の革のソールの靴で踏むと、貫通する恐れすらある鋭利な代物だ。木のソールで踏むと、貫通こそしないが容赦なくぶっ刺さる。歩きづらい。

何の為に、とか聞くなよ？

防犯じゃねぇよ。兄対策だよ‼　一回、外壁伝ってここまで来た事あんだよ！　何だよ、忍者かよ！

バルコニーから眼下を見ると、使用人が数人走り回っていた。

「セザールー！　どーしたのー？」

眼下に見える使用人に声を掛けると、豆腐メンタル下男《セザール》がこちらを見上げた。

「侵入者ですねー。すぐ片付くんで、お嬢様はお部屋に戻っててください」

「はぁーい」

侵入者か。物好きが居たもんだ。

運動神経がちょっぴりアレな私が出て行っても、邪魔になる以外の仕事ができそうにない。素直に部屋に戻って、読みかけの本の続きを読もう。

何だってんだ！

男は目の前にあった木を蹴りつけ、心の中で悪態を吐いた。

ほんの下見程度のつもりだった。警備もなにもないような雑木林があったので、そこから入り込んでみたのだ。

初めこそ悠々と「言うほどの事ねぇじゃねェか」などと余裕を持っていた。その直後、歩いていた足が何か紐のような物を切ってしまった感覚があった。

クソっ！　罠でも仕掛けてあったか⁉

と思った瞬間、何処からか矢のような物が飛んできた。咄嗟に避けると、それはすぐ脇の木の幹に突き刺さった。矢羽根のない矢のような代物だ。しかも、矢尻もない。ただの尖った棒、と言った方が正確そうだ。

けれどそれは、木の幹に深々と突き刺さっている。一体、どれ程の威力で発射されたものなのか。

何だこりゃァ。

もしかしなくても、酒場の親父の言っていた事は正しかったのか？

そう思ったが、今更引けない。

男は泥棒のような事を生業としている。民家に入り込むのではなく、貴族の邸が専門だ。

泥棒『のような』というのは、彼は『人から依頼された物を盗み出す』専門だからだ。それは時には金品だったり、書類だったり、情報だったり、様々だ。

今回は、お貴族様からの依頼だ。前金だけでも暫くの酒代に困らない、えらく豪勢な報酬額の依頼だった。内容は『マクナガン公爵家から、かの家を脅せるような何かを見つけてこい』だ。

男のこれまでの経験から言って、貴族というのは大体後ろ暗い部分がある。どうせその公爵家にも、そういう部分はあるだろう。そして連中は大抵、家の中枢部分に隠し金庫なりを持っていて、そこさえ漁れば真っ黒な書類なりなんなりがわんさか出てくる。

今日は邸の偵察をして、何か重要な物がありそうな場所だけでも見つけてこよう。

その程度の仕事、の筈だった。

コソ泥やスリ、詐欺師なんかが出入りする裏通りの酒場で、マクナガン公爵邸へ忍び込む話をした。誰かあの家の情報を持っている者は居ないだろうかと思ってだ。男が少し仕事の話を漏らしたとて、そこに居るのは全員が同業だ。通報するような者もない。

お貴族様の邸というのは、意外とこの業界では間取りが知られていたりするものだ。以前盗みに入った誰かが漏らしたりする情報があるからだ。

だが、マクナガン公爵邸の話は聞いた事がない。

他の四つの公爵家に関しては、邸の間取りから敷地内の警備の位置まで分かっている家もあるのにだ。

そこで気付くべきだった。

『情報が全くない』という事が、どういう意味なのか。

そして、男が誰に訊いても「知らねェな」と言われる中、酒場の親父が言ったのだ。

「悪ィ事ぁ言わねぇ。マクナガン公爵家はヤメときな。手ェ出しても、いい事なんざひとッつもねえ」

あん？　何言ってんだ親父、と話はそこで終わった。

親父！　ありゃどういう意味だったんだ⁉

公爵家の雑木林の中、男は頭上から降ってきた腐った匂いのする水でずぶ濡れになりながら、そんな風に思っていた。

✤✤✤

コソ泥的なオッサンが忍び込んだらしい。

こう見えて、我が家のセキュリティは万全だ。二一世紀の地球の警備会社も真っ青の、どちらかというと鬼畜仕様だ。難易度ナイトメアでも、インフェルノでも何でも好きなように呼んでくれ。

我が家の邸の裏手には、雑木林がある。当然、公爵家の敷地内だ。

何故そんな物が？　と思われるかもしれない。だが、雑木林とはいいものだ。春には山菜、夏から秋にはキノコなどが採れる。……勿論、食っちゃいけないモノも採れるが。タラノ木は私の厳命により、罠を仕掛けたり、傷をつけたりしてはならない事になっている。彼らは春には新芽を出す。そう。タラの芽だ。スーパーで買うと地味に高い食材だ。天ぷらが好き。

そんな宝の宝庫、雑木林。

何の為にあるかというと、ご先祖の言によれば『阿呆を集めてポイ』する為だ。お父様の四代前の公爵の発案らしい。

まるで排水口の髪の毛の如き言い様だが、つまりはこうだ。

分かり易い穴を作っておけば、考え足らずの阿呆はそこから侵入する。それを捕まえて、お仕置きして、邸のお外にポイ！

素晴らしい！　ハラショーでございます、ご先祖！

雑木林以外からは、普通の貴族の邸がそうであるように、警備の騎士なんかがウロウロしているので侵入は容易でない。雑木林は一見、何の手入れもされていないように見える。いや、実際、手入れなんかは全くしていないのだが。

しかし、そこには常に隠密が数人潜んで、侵入者に目を光らせている。……が、決して多い人数ではない。

ご先祖の頃から、雑木林には罠が仕掛けられていた。

初めはどうやら、トラバサミやら鳴子《なるこ》やらの、『敵を捕まえる為』の罠だったようだ。それがいつ頃からか『敵を滅殺する為の罠』になっていった。

現在、雑木林の中には、一撃必殺の罠が多数ある。

そんな初見殺しの罠たちを見てふと思った。

……なんか、アレ作りたい。

そう、アレ。

篝火《BONFIRE》。

初見殺しを潜り抜けて、お城（我が家）へ辿り着く。その手前にたき火。火の周囲でちょっと休憩して、ボスの居る城へＧｏ！　そんな感じで。

そして作ってみた。石工にお願いして、デザイン画も渡して、石で剣も作ってもらった。

それを真ん中に刺して、暖炉から集めた灰やら炭やらをこんもり盛って……。

めっちゃイイ出来の『例の篝火』が完成した。これには灰の人もニッコリだ！

もし転生者のコソ泥なんかが居たら、火を点けたくなる事請け合いだ！　もしかしたら、セーブポイントだと思う人も居るかもしれない！

だが残念だな、これは罠だ。

この篝火《BONFIRE》を点火《LIT》すると、中に仕込んである『火で爆《は》ぜる系木の実』たちがあっちゃこっちゃに飛びまくるのだ。

家人は皆「⁉」という顔をしていたが、私は満足だ。

この雑木林は、家人は誰でも入って良いし、罠を仕掛けるのも撤去するのも自由だ。ただ、各々が好き勝手にやってしまうと、私たちまで罠にかかる可能性が出てくる。私の春のお楽しみ、タラの芽採取にも危険が出てくる。

なので、執事の部屋にこの雑木林を鳥瞰《ちょうかん》した地図が掲示してあり、罠を仕掛けた・撤去した場合、それぞれがこの地図に書き込んだり消したりしなければならない。

　定期的に隠密がこの地図を頼りに雑木林を探索し、地図にない罠を見つけると、それを設置し地図記入を怠った者に教育的指導が行われる。因みに、地図にあるけど撤去されていたり、劣化して動かなくなっていた場合、隠密たちがその旨を地図に記入してくれる。

　そしていつ頃からか、地図の罠を見て「これをこう避けるだろうから、そしたら避けた場所に更に罠あったら面白くね？」と考える者が出始めた。おかげで今の雑木林は、地図がなければ凶悪罠コンボに嵌る、恐ろしい魔の雑木林となり果てている。

……なんかゲームが変わってきたので、篝火は泣く泣く撤去した。石で出来た剣はお気に入りなので、自室に飾ってある。時々点火ゴッコをして遊んでいる。私では筋力が低すぎるので、この剣の性能を引き出せないからだ。

✣　✣　✣

その辺歩いてて、目の前に穴空いてたら、フツー避けるよな？　しかもその穴が、覗き込んでも底が見えねぇとかなら、余計に。

っつーのにさぁ……、なーんだってわざわざ、穴に落っこちに来るんだかねぇ？

俺の現在の職場兼住居は、王都のど真ん中にあるマクナガン公爵邸だ。歴史が古く、来歴もしっかりとした、押しも押されもせぬ大貴族様だ。

……が！

この家は、色々とちょっとずつ何かがおかしい。

邸は立派だ。敷地もめちゃくちゃに広い。その『めちゃくちゃに広い敷地』の何分の一かが、『雑木林』だ。

……フッー、個人の家の敷地にねぇよな、雑木林。つうかそもそも、王都にも滅多にねぇよ。もーちょい郊外行かねぇと、そんなモン存在しねぇよ。更に『貴族の邸の敷地内』にそんなモンがある家、ここんちしか知らねぇよ。

まあその林には、ちゃんと意味はあるんだが。

更にこの林のある一角は、警備が手薄（に見える）だ。街路に面している一角であるのに、だ。

それにだって、きちんと意味はある。

実際、この林を警備する人員というのは、片手の指でも余る人数でしかない。外から見たら、さぞかし不用心に見える……のかもしれない。

いや、俺なら絶対、近寄らねぇけどな！

だって逆におっかなくねぇか？

この辺は大貴族様のお邸が並ぶ、所謂『貴族街』だから、街路には警邏の騎士が巡回してる。とはいえ、警邏の騎士なんざ、巡回の時間と順路さえ把握できれば、見つからないようにやり過ごすのも訳ない。

普通、貴族様ってのはそういう事情も考慮して、家の警備体制を決めてたりする。時々、そういうのに気の回らねぇ家もあるが、そういう家は何度か痛い目に遭って学習していく。学習しねぇなら、永遠にカモられてりゃいいだけだし。けどまあ、家の規模がデカくなりゃなっただけ、警備には気合を入れるのが普通だ。

だっつーのに、この林よ。外から見ると、完全に『何の手入れもされていない、無人の雑木林』だ。

逆に不自然極まりなくね⁉

しかもそれが、貴族の頂点たる公爵家の敷地にあんだぜ？

そーんな分かり易《やせ》え『穴』、フッツー避けて通ろうと思うじゃん？

俺の現在地は、その雑木林の木の上だ。一見、何の手入れもされていないように見える林だが、その実、きっちり間伐なんかはやっている。おかげで、木の一本一本が太くてデカい。枝ぶりも良い。

当主である公爵は「もっと鬱蒼とさせたいなぁ！」と大喜びだ。……喜ぶ方向性、おかしくねぇか？

奥様は「いっそ、蛇なんかを放ってみたらどうかしら～？」と仰っていたが、大丈夫っす。既に勝手に住み着いてますから。

動物にとっては住み良い環境だから、ネズミやら猫やらも勝手に住み着いている。それを狙って、蛇や猛禽なんかの肉食の獣もやってくる。……これもう、マジでただの林だな……。

危険のありそうな動物類だけでも、排除した方がいいんじゃ……と提案したことがある。

俺の提案にエリザベス様は、遠くを見てほぅっと小さく息を吐いた。

「人は……、自然とは共存していくべきだと思うの……」

やべぇ。ワケ分かんねぇ事言い出した。

「この世界に生きるは人だけに非《あら》ず。全ての生きとし生けるもの、皆、共存し共栄してこその『世界』じゃないかしら……」

ワケ分からんし、スゲェ芝居がかってるし……。

そこへ話を聞きつけた旦那様もやってきて、お嬢《おじょう》の言葉に頷いた。

「エリィの言う通りだ、ディー。自然に抗うには、人は余りに非力。御すのではなく、あるがまま、共に生きてこそ、未来があるというもの……」

「そうですよね、お父様！」

「うむ。私はそのように考えている」

お嬢と旦那様は、「お父様！」「エリィ！」などと言いながら、二人手を取り合いどこかへ歩き去ってしまった。

……つうかあの二人、単純に、面倒臭えと思ってるだけだな……。

分かるけどさ。そこそこの規模の林だから、そっから害のありそうな生き物だけ排除するとか、スゲー面倒だとは俺も思うけどさ。

……いや、前向きに考えるか。

雇い主が雑な感性の人間で良かった！　よし！　そう思っとこう！

……フッー、『貴族のお嬢様』ったら、蛇だのネズミだの怖がると思うんだけどな……。いや、もういいや。この家とこの家の人間に『フッー』を求めるのをやめよう。多分、俺の精神衛生的にもそれがいい。

そんな雑な公爵とお嬢のおかげで、林の動物たちは今日もイキイキと活動している。その『人と自然が共存』している林に、今は『共存』も『共栄』も絶対に出来そうにない小悪党が入り込んでいる。

さっきからずっと、木の上から見ているんだが……。

落とし穴（クソ浅バージョン）にハマりコケて「うおぉ！」と奇声を上げたり、勝手に住み着いている蛇にビビッて「のぅわ！」と奇声を上げたり、何だか楽しそうだ。

つうかオッサン、見られてる事、気付こうぜ？

俺だけじゃなくて、オッサンを挟んで向こう側の木の上にも、隠密の連中居るし。ついでに、パン職人も木の上でパン食ってるし。

オッサンは今度は、踏むと甲高い笛の音が鳴る罠を踏み「ひょぉッ！」と奇声を上げた後、「何だよ……、音が鳴るだけかよ。ビビらせやがって……」などと言いながら笑っている。いや、ビビんなよ。その前に、片っ端から罠踏み抜くなよ。もーちょい注意深く進めよ。

オッサンの進行速度に合わせて、俺やら他の木の上の連中も移動する。

この調子だと、邸に着くのに一時間くらいかかるな……。オッサン、律儀に全部の罠踏むし……。

「……え？　あのオッサン、もしかしてこっちに全然気付いてないの？」

さっきの笛の音を聞きつけたのだろう。荷運《ポーター》びの使用人がどこからかやってきて、俺のすぐ隣に音もなく降り立った。

「気付いてねぇなー……。あのオッサン、あんなんでよく今まで生き残ってこられたと思うわ」

オッサンを見守る使用人は、ざっと数えても五人は居る。俺の目と耳で確認できる範囲で、だ。

「気付いてて、こっちの油断を誘う為に……とか、ないか。ないね、あれじゃ」

呆れたような声に、思わず深く頷いてしまう。片っ端から罠にかかり続けているオッサンは、既にドロドロのグダグダだからだ。

こっちを油断させる為なんだとしたら、やりすぎでしかない。

「油断させる為に罠にかかるとしても、俺なら、水モノは避けるけどなぁ……」

水に濡れた状態では、不必要に体力が奪われる。のみならず、こういった罠に使用される液体は、何が混ぜられているのかも定かでない。まあ、ここんちの罠に使われている液体は野菜くずだとかが混ぜられている水で、強烈な腐敗臭を放っているだけのものだが。……だけとはいえ、すんげーイヤだが。目に沁みるくらい臭ぇし。

「あのオッサン、ただのコソ泥くさいから、そういった頭はないんじゃない？　僕らとは、人種が違うんだと思うよ」

「だぁな。あんな注意力の欠片もねぇんじゃ、囮にすら使えねぇわ」

俺の隣で「だねぇ」などと言いながら笑っているこのポーターは、俺と同様に後ろ暗い過去がある。

この家の使用人は、大抵が何らかの事情持ちだ。

向こうの木の上でパンを食っているパン職人は、元は他国の諜報員だった。何気なくそちらを見たら、パン職人と目が合った。パン職人はにやっと意味ありげに笑うと、ポケットから取り出したパンを放り投げてきた。

……受け取っちまった……。

「やる」

隣に居るポーターに押し付けようとしたが、「え、だってそれ、ディーが貰ったんでしょ？」と嫌そうに言われてしまった。

ポーターの上着のポケットにこっそり入れてやろうと思ったのだが、「ヤメて。勝手に人のポケットに入れないで」と言われてしまった。

チッ、無駄に目敏いんだよな、コイツ……。

「……舌打ち、ヤメてよ」

「気のせいじゃね？」

「じゃ、気のせいでも何でもいいけど、とにかくそのパンはディーが自分で処理して。僕に押し付けないで」

「へーへー……」

パン職人の作るパンは、美味いのが五割、意味の分からんのが五割だ。そしてさっきの笑顔からして、これは多分『意味の分からん』方だ。

誰かに押し付けらんねぇかな……。

と思っていた矢先、オッサンが一つの罠を踏み抜いた。

「アホか！」

俺の隣でポーターが舌打ちをしながら呟いた。俺も全く同じ気持ちだ。

オッサンがここまでに踏み抜いてきた罠は、危険度の低い物が大多数だ。オッサンは気付いていないが、隠密の連中が物音を立てたり何だったりしながら、オッサンを安全な方へと誘導しているからだ。

ただこの林の中にある罠は、『子供の悪戯』程度のものから、『城レベルの場所で使われる対侵入者用のもの』まで様々なのだ。

そして今オッサンが踏んだのは、『全ての連鎖が上手くハマれば、まず生き残れない』レベルのものだ。

この手の殺意の高い罠は、敢えて起点が隠されていない。というのに、不注意極まるオッサンはそれを踏み抜いた。

死なせる訳にはいかない。

オッサンの目的も吐いてもらわなきゃなんねぇし、その背後も引き摺り出さなきゃなんねぇんだ。末端の小悪党とはいえ、線は細くとも繋がっている。それを切る訳にはいかない。

まず隠密の一人が、オッサンの足元に向けて石か何かを放った。

オッサンは「イってぇな！」などと呑気に毒づきながら、足元を見るために軽く腰を屈めた。これで立っている状態での頭への刃物の直撃は防げる。

それ以外の胴体を狙う飛び道具を、俺とポーターとで撃ち落としていく。

本来であれば、このナイフに気付いて避ける事を想定されている罠だ。

飛んできたナイフを避けようと足を出した場所に、更なる罠がある。

……が、オッサンは石が当たったたくるぶしあたりを摩《さす》るのに忙しく、自分の頭上をナイフが飛び交っている事にすら気付いていない。

オッサンの胴体付近へ飛んだナイフは、恐らく全部撃ち落とせた。隣でポーターが「ふー……」と安堵の息を吐いている。俺も同じ気持ちだ。

俺やこのポーターは、ここへ流れ着く前には、人を殺すことを生業にしていた。それが今はどうだ。殺したところで誰も何も悲しまなそうなオッサンを、必死で守ってる。

人生って、分かんねぇモンだな。

ふと隣を見ると、ポーターはつまらなそうな顔でオッサンを見守っている。こいつは今、何考えてんだろうな？

そんな事を考えてたら、オッサンがまたヤバい罠を踏みそうになっていた。

だっから！　起点、見えてんだから、避けろよ！　ちっとは！

思いつつ、手に持っていた物をオッサンの手前に放り投げた。その物音にビクっとしたオッサン

は、やっと足元の罠にも気付いたようだ。「ふぃー……、危ねぇ危ねぇ……」とか言いながら罠を避けている。

……つうか、今、俺、何放り投げた？

手元に暗器の類はもう残っていない。じゃあ、さっき放り投げたのは……。

オッサンが通り過ぎた後に、小さなパンが一つ転がっている。

「ディー……、食べ物を粗末にするのは……」

「いや、手元に何も投げられるモンがなくて……」

言いつつ向こうの木の枝を見ると、パン職人が今にも泣きだしそうな、怒り出しそうな、やたらと複雑な表情をしていた。

悪い、とハンドサインで軽く謝りつつ、後でパン職人に絡まれたら何て言おうか……と考えつつ、俺たちはまたオッサンを見守る仕事に戻るのだった。

✤　✤　✤

我が家自慢の魔の雑木林で、一人の男が捕まったとメイドから報告があった。

どうやら幾つもの罠に嵌ったらしく、ずぶ濡れだし、泥だらけだし、体中傷だらけだ。戦略的撤退という言葉を知らんのか。そんなんなる前に退けよ。

誰ぞが仕掛けた痺れる系毒薬にかかったらしく、上手く動けないらしい。これは数時間経てば、体内で勝手に解毒され排出される。一時的に身体の自由を奪うだけだ。

私が庭へ見に行くと、男は既にパンイチで手と足を拘束されていた。男の周囲には使用人が群がっており何かしている。

「何してんの？」

手近に居たメイドに声を掛けると、メイドが楽し気に笑った。

「お仕置きタイムです！　お嬢様も混ざりますか？」

「その内容は？」

混ざりはしないが、内容だけは聞いておこう。……楽しそうなら混ざりたくなるかもしんないし。

「取り敢えず落書きして、あとは外に警邏を待たせてあるので、そちらへ引き渡しですねー」

「そっか。じゃあ、安心だね。後よろしくねー」

警邏に引き渡されたなら、当分シャバには帰ってこない。コソ泥も犯罪だが、貴族の邸への侵入は特に罪が重いからだ。

額に美麗なカリグラフィで『うんこ』と書かれているが、自業自得だ。その重たい十字架を背負って生きるがいい。あのインク、二週間は消えないヤツだからな……。

全く、春先は変なのが湧いて出て困るぜ。それとも、週末だからか？

番外2　国王陛下の独り言

王とは孤独なもの。

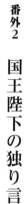

誰が言った台詞だったか。よく聞くフレーズではあるが。

私が王太子であった頃に、帝王学の講師からも聞かされた言葉だ。

『国』という大きすぎる船の舵取りをし、他者の意見に耳を貸しはすれど傾倒しすぎる事はせず、己の頭で判断を下し、もしその船が座礁してしまったなら責任を一身に背負わねばならない。

『孤独なもの』とはつまり、『孤独であれ』という事なのだろう。王に添う者に操られぬよう。船の乗っ取りを許さぬよう。

とはいえ、王とて人間だ。真に孤独であったのなら、恐らく心が死んでしまう。

友の一人くらい、居ても良いのでは？

そう疑問を発した私に、講師は頷いた。

勿論、ご友人は居ても良いでしょう。別に、一人と言わず、何人でも。ですが、そういった周囲の者の意見に流されるようであるならば、それらご友人は『友』と呼ぶに値しない。流されるようであるなら、殿下ご自身にも問題はあるのでしょうし、己の都合の良い流れに押し流そうとする相手にも問題はあります。そして廷臣は、殿下にも相手にも、『国を担う資格なし』と判断するでしょう。

まあ、それはそうか。

納得は出来るのだが、息苦しい。けれど仕方ない。

私は王の嫡子として生まれ、次代の王とならねばならないのだから。

そう己に言い聞かせ生きてきた。

◆ ◆ ◆

息子が九つの頃、彼が自身で婚約者を定めた。

はっきりと言っておくが、この選定に私と妻は全く関与していない。天地神明に誓って言える。

本当に、毛の一筋程も関与していない。

何だか出来の良すぎる我が息子は、己一人で判断を下し、まだ九つというのに自身の言葉で議会を納得させ、承認を易々ともぎ取って来た。

頼もしい……。頼もしいのだが、少々彼の将来が不安でもある。

息子の婚約者の承認は、現王たる私と妻の印も要るのだが、上がってきた書類にある相手の令嬢の名に二つ返事とばかりに即座に承認のサインを入れた。私の横で妻が「後で覆らせぬよう、もっと慎重にお書きくださいー！」と言っていた。

ご令嬢の名は、エリザベス・マクナガン。

このマクナガンという家は、我が国に五つある公爵家の一つで、国内の主要貴族からは軽視されがちな公爵家である。

私のサインを入れた書類を、妻に渡す。妻はこれ以上ないくらい真剣な表情で、ペンを持つ右手が震えぬよう左手でしっかり右手を掴み、慎重にサインを入れている。

妻の気持ちが痛いくらい分かり、思わず笑ってしまった。

ここでサインに多少の不備（という程でもない、インクの僅かな掠《かす》れなど）でもあろうものなら、何かあった際に絶対に、マクナガン公爵家はそれを盾に婚約の解消を迫ってくる。させてなるものか！　と、他のどの書類にサインを入れるより、慎重になってしまうのだ。

前述の通り、マクナガン公爵家という家は他の貴族から侮られる傾向にある。だがそれを、当のマクナガン公爵家の人間が誰一人気にも留めない。

むしろ「侮らせておけばいいのさ」と笑うのだ。

あれ程、敵に回したら厄介な家もないというのに。

サインした書類を文官が回収していき、それを見送った妻が笑った。

「この話を、エルとファルはどのような顔で聞くのでしょうね？」

「いつも通りの、何を考えているのか読めない笑顔なのではないかな？」

答えると、妻は笑いながら「そうかもしれません」と頷いた。

息子の婚約者となったエリザベス・マクナガンという少女は、やはり『マクナガン公爵家の娘』

であった……。

非常に聡明で、発想が柔軟で、とびぬけて容姿が美しい。

マクナガン公爵家というのは、代々見目麗しい者を輩出するのだ。……まあ、『一切の社交の免除』という特権を与えられた家なので、絶世の美女も輝く美貌の青年も、他の貴族たちに知られる事なく埋もれてしまうのだが。

幼い彼女は、両親どちらの面影も宿した、とても可愛らしい少女だった。

現王妃として、次代の王妃を教育する立場の妻が、必要以上に張り切ってしまい大変だった。

ファルに似たあの子を可愛がるのは結構だけれど、可愛がり過ぎて逃げられないようにね？

どうも妻は、好きな相手を構い倒す傾向にあるらしい。飼っていた猫は、妻に構い倒され、ストレスでハゲをこしらえてしまった。猫は現在、侍女長が飼っている。妻とは月に一度の面会が許されている。

妻もその際の後悔を心に刻み、構い倒したい気持ちをぐっと堪えているようだ。

ぐぐっと堪えすぎて逆に少々厳しくなっているようだが、エリザベス嬢はどうやら厳しくされる分には全く苦痛を感じない性質らしく、助かった。どうも私の妻は『加減』というものが下手なようだ……。

もう少し、君の大好きなファルを見習ってみたらどうかな？

本当は、レオンが彼女と対面する際、私も同席したかった。

したかったのだが、当のレオンに渋られた。

「陛下が臨席されたら、彼女が萎縮してしまうでしょう。それは私の望むところではありません」

……うん。

私の息子、しっかりしてるなぁ……。

「しかも相手はまだ五歳の少女です。陛下に対し粗相があってもおかしくありません。……それを咎められるような事になっては、こちらの打診を受けてくれた公爵家に対して申し訳ない」

うん。

本当に……、しっかりしてると言うか、し過ぎてると言うか……。

まあ、レオンの心配も尤もだ。普通、五歳児といえば、物の道理が分かり始めるかどうか……くらいの年齢だ。そこに私が出て行って、幼子が知らずに働いた無礼を第三者が見咎め……などとなったなら、それは本当にあちらに申し訳がない。

でもね、レオン。

君は知らないだろうけれどね、君の相手は『マクナガンの娘』だ。恐らくだが、『普通の五歳の女児』ではなかろうよ。

あの家は社交を一切行わないから、君だけでなく他の貴族たちも殆ど知らないだろうけれどね。

✤　✤　✤

我がベルクレイン王家と、マクナガン公爵家の縁は、とても古い。何せ、マクナガン公爵家は、ベルクレイン王家の初代王の兄が興した家だ。

我がベルクレイン王家は、先代王家の親戚筋に当たる。

前王朝の最後の王が私利私欲に走り、民を顧みず、隣国との戦端を開こうとした。それに憤った一部の貴族の主導により、クーデターが決行されたのだ。その旗頭となったのが、ベルクレイン王家の初代王だ。

貴族や兵たちの血は流れたが、無辜《むこ》の民はほぼ無傷であったそうだ。そして、無血開城に成功し、玉座を血で濡らす事はなかった。

史実に残っていないが、実はそれらを計画立案し、最前線で実行したのが初代マクナガン公爵だ。実質、彼がいなければ、私はこの座に就いていない。

初代マクナガン公爵についての逸話は、史実に殆ど残っていない。理由は、初代公自身が「俺の話とか、いらなくね？」と、自身の功を全て弟や他の騎士の功として記録させたからだ。因みに、上記の公爵の言葉などは、弟である初代王の手記というか雑記？に書かれていたものだ。

その手記は公文書館の奥の隠し部屋にしまわれている。

鍵は国王しか持っていない部屋だ。

いずれレオンにも見せてやろう。

そもそも、クーデターの際、貴族たちはマクナガン公爵の方を担ごうとしていたらしい。そして初代王も、それが妥当と考えていたようだ。だが、当の公爵が「ウゼェ」と一蹴したそうだ。

……いや、「ウゼェ」はないよね⁉　国の命運かかってるのに、「ウゼェ」は！

だが、初代王の手記には「兄らしい、としか言いようがない……」と、半ば諦め交じりの愚痴が書かれている。


我がベルクレイン家は、当時は侯爵であったらしい。その『ベルクレイン侯爵』という位も、兄である彼は早々に放棄していたらしい。初代王の手記によれば、「ガラじゃねえ」だそうだ。あと「クソめんどい」だそうだが……。初代公爵、驚くほど柄《がら》が悪いのは何なんだろうか……。

そんな奔放に過ぎる人柄なのだが、不思議と人を惹きつける力を持った人物だったようだ。

彼の周囲には、いつも沢山の人が居た——と、初代王は書き残している。

少数の精鋭による義勇軍と、王侯貴族率いる正規の国軍。普通に考えたら、戦いになどならない。

だが、軍部にも当時の王や諸侯たちに反目する者は少なくなかった。それらは簡単に寝返った。

残った者も、不利を悟ると逃げ出す程度の忠誠と士気しか持ち合わせぬ者が多かった。

そして極《ごく》一部、王や諸侯たち同様に甘い汁を啜って生きてきた者たちだけが、徹底して抗戦した。

だがそれらは、義勇軍の前にあっさりと破られた。

初代公爵は常にその先陣に在り、戦いに慣れぬ義勇軍を指揮し、戦えそうな者は己の手足とし、弟の為に道を拓いたという。

「汚れ仕事は俺がやる。お前は絶対に、その手を汚すな」

初代王はそう言われ、護身用の頼りない細身の剣一振りだけを握らされたそうだ。

「血塗れの王サマになんざ、なるんじゃねえ。お前の手が汚れたら、全員、お前を恐怖の対象に見ちまう。恐怖なんぞで民衆を支配するんじゃねえ」

いいな？　と、初めて見るくらいに真剣な目で言われたそうだ。

頷くしかなかった、と、初代王は記している。

頷いた初代王に公爵は「よーし、良い子だ。兄ちゃんとの約束だぞ？」とからかうように笑ったそうだ。

そして初代王は、最後までその手を血で汚すことなく、美しく保たれたままの玉座に就いた。


このように初代公爵は徹底して汚れ仕事を自分で引き受け、初代王には一切の手出しを許さなかったという。結果、初代公爵こそが、生き残った貴族たちから『恐怖』『畏怖』の対象とされてしまった。

そして対照的に、初代王は『慈悲の王』と言われた。納得いかない、と、手記に乱雑な文字で書き殴られていた。

初代王は、兄を心から尊敬し、愛していた。本来であれば、彼こそが『王』たるに相応しい人物であると信じていた。

この玉座に座るのは、自分ではないと。

けれど、初代公爵は楽しそうに笑ったという。

「こーんな固《かって》え座り心地も悪そうな椅子、窮屈でしょうがねぇだろ」と。

そして「俺が王城《ココ》に居たんじゃあ、お前の後ろに俺を見る連中が出てきちまう。折角、キレイな王様が立ったんだ。血塗れの兄貴は、どっかに引っ込んで大人しく隠居するわ」と、自ら隠棲を決めた。

それを、初代王は必死で引き留めたそうだ。

きっと、兄の意志で出て行かせてしまっては、彼は二度とこの国に帰って来ない。そういう思いから。

必死で引き留める弟に向け、公爵は楽し気に笑いながら言ったそうだ。

「必死過ぎてマジウケる」

公爵……。もうちょっと、弟の気持ちを汲んでやってもいいんじゃないかな……。何て言うか、時々ちょっと鬼畜って言うか……。酷いって言うか……。

流石にこの台詞には、初代王もブチ切れたらしい。

「必死で悪いですか⁉ 何もしてない私だけが王に祭り上げられて！ 一番の功労者である兄上は犯罪者であるかのように言われて！ そんな理不尽の中に私一人を残して行こうとする薄情者を、必死で引き留めちゃ悪いですか⁉」

初代王の手記には、『言っている内に、余りに自分が情けなくて泣けてきた』と書かれていた。

そして案の定、涙を浮かべた弟を、公爵は笑うのだった。

「泣いてやんの。ウケる」

初代王……、このお兄さん、何でこうなったの……？

『奔放な人柄』にも、限度ってものがあると思うんだけど……。

泣きながら公爵を睨みつけている初代王に、公爵はややすると息を吐いて呆れたような笑顔を浮かべたそうだ。

「そんじゃ……、何かテキトーな肩書と、テキトーな領地でも貰っとくか」

兄の気が変わらない内に、兄が勝手に出て行ってしまわない内に……と、初代王は大急ぎで兄の為に爵位と領地を用意した。

政変による王朝の変更だ。それまでの爵位など、何の役にも立たない。新たな爵位を授けるのに、何の不都合もない。

「では、このマクナガンとその一帯を、兄上の領地としましょう」

そもそも『マクナガン』とは、現在のマクナガン公爵領の領都の中心部あたりを指す地名だった。

現在、その領都が発展し過ぎ、大きくなり過ぎ、当時『マクナガン』と呼ばれた地がどの辺りであったかが定かでないのだが。

「今日から兄上は、『マクナガン公爵』と名乗られると良いでしょう」

そう告げた初代王に、公爵は「公爵とか……、マジかよ。ねーわ」とブツブツ言っていたそうだ。

「そんじゃあ俺からも、一つ条件な。社交とか、絶対しねぇから！　あと、出仕とか死んでもやらねーから！」

「……二つなのでは……？」

「細けぇ。うるせぇ」

それが、二人が『兄弟』として会話をした最後だった、と書かれている。

領地に引っ込んだ公爵は、決して領地から一歩も出ようとしなかったそうだ。それは恐らく、彼が表舞台に立つ事を恐れる人々を、無駄に刺激しないようにとの思いからだったのだろう。

公爵が領地へと移り住む際、クーデターで彼に従った者たちが、かなりの数ついて行ったそうだ。そういう人々を中心とし、マクナガン領は少々信じられないくらいの発展を遂げる事となる。その発展っぷりを見る限り、彼が王でも問題はなかったのでは？　と思ってしまうのだが。

初代王の手記に、クーデター成功前夜の公爵の言葉がある。

「王様は、『完璧で何でも一人で出来る』人間である必要なんざねぇよ。頼りなかろうが、情けなかろうが、そんでいいんだよ。……困ってる時に、誰かが自然と手ェ貸してくれる。そういうヤツが王様んなった方が、多分、へーワでいい国んなる。俺は、そう思ってる」

このまま王となる事への不安を漏らした弟へ向けた、公爵の言葉だ。この言葉を支えに、初代王は、穏やかで公正で無私無欲の王であり続けた。

初代王の手記は公文書館の奥に秘匿され、初代マクナガン公爵の功績などは全て他者の功績にすり替えられ……。

そして、時は流れ、真実を知る者は僅か一握りだ。マクナガン公爵家にも、正しく伝わっているかが定かでない。

……尤も、どう伝わっていようが、あの公爵家の人々は気にもしないだろうが。

私は、この手記の存在を、王太子であった時分に知らされた。まだ十代で、妻と婚姻を結ぶ前だ。幾つだったかな……。十五……とか、それくらいの頃だったかな？

父から、「面白い読み物を貸してやろう」と、えらく軽いノリで渡されたのだ。

その頃の私は、己が次代の王として立つのに、本当に相応しいのだろうかと悩んでいた。初代王と同じ悩みだ。

特段目立った才がある訳でもなく、強烈なカリスマ性などがある訳でもなく……。

国に五つある公爵家は、全てが王家の分家であるので、彼らも二桁順位にはなるが王位継承権は一応ある。その中から、相応しそうな人に継いでもらうという手もあるのでは……などとも思っていた。

父が手記を貸してくれたのは、そういう私を見かねての事だったのだろう。

そして私は、初代王と同じく、初代マクナガン公爵の言葉に救われたのだ。

その後、紆余曲折を経て、私はマクナガン公爵家の当代の公爵エルードと知り合う事になる。

知り合った当時は『次期公爵』であった彼は、手記で見た『マクナガン公爵』を髣髴《ほうふつ》とさせる風変わりな人物であった。風変わりで、飄々としていて、自由で。それでいて、誰よりもこの国や自領を愛する心を持っていて。

そんな彼と友人のような間柄になるのだが、それはまた別の話だ。

一つ言える事は、私は彼と出会えて『孤独な王』にならずに済んだ、という事だ。

だがやはり、為政者とは孤独であるものだ。その『孤独』を、少しでも薄めてくれるような誰かに出会える事は、きっととても幸運な事なのだろう。

✥ ✥ ✥

私と妻の間には、三人の子が居る。上からレオナルド、リナリア、マリーローズだ。

一人目が男児であった事に、妻がとても安堵していた。

我が国は別に、男児でなければ王位の相続が出来ないという事はない。けれど、女性の身には『王』という肩書は重過ぎる。相手が『女』というだけで侮ってくる輩などが居るからだ。長子相続を基本としているので、第一子であるレオナルドが順当にいけば王位を継ぐ事となる。

第一子が男児であった事は良かったのだが、果たしてこの子は『未来の王』という重圧に耐えられるだろうか……という不安は多少あった。

勿論、私や妻は全力で支えるつもりだったが。それでも、本人の資質というものは、周囲の支援だけではどうにもならない。……私が重責に圧し潰されそうになっていたように。

だがこのレオナルドという子は、私たちの想像を超える子供であった。

三歳の頃には驚くほどはっきりと言葉を話し、五歳の頃には既に大人と議論をするまでになっていた。絵本などより学術書を好み、それらの内容をしっかりと理解し吸収している。

妻は「逆に何かおかしいのではないか」と心配していたが、どうやら我がベルクレイン家は時折、そういった所謂『天才』や『奇才』と呼ばれる者が出るらしい。レオンもその類だろう。

祖を同じくするマクナガン公爵家には、『奇人』や『変人』が多く出るらしいが……。それは一体、どういう事か。いや、あの家らしいと納得するところか……。

ともかく、我が子レオナルドは、世間でいう『天才児』という類のものであるようだった。

けれどまあ、幼少の頃に天才のなんのと持て囃されても、長じたら凡人であった……というのは珍しくもない。レオンもそうである可能性はある。私たちはあの子が少しでもより良い大人となるよう見守ろう。妻とはそう話し合った。

……が、どういう事だろうか。

レオンは凡才となるどころか、年々鋭さを増していく。

立太子する七歳の頃には、王族という存在の責務を理解し、知識量はそこらの大人を凌駕し、余計な衝突を回避する為の愛想笑いも身に付け、相手に簡単に言質を取らせぬ会話まで習得していた。

その知識量にしても、理解度にしても、処世術にしても、七歳の子供のものではない。

七歳の子というのはもっと、無知で無邪気であって良いのではないだろうか……。実際私が同じくらいの歳の頃は、勉強が嫌でわざと講義に遅れてみたり、不摂生で体調を崩し侍女に甘えてみたりだとかがあった。

けれどレオンには、そういった甘えや怠慢が一切ない。常に前を見据え、そこに向かい研鑽と努力を怠らない。

妻は冗談半分に「我が子とは思えない程に出来が良くて怖い」と溜息をついていた。私も同じ思いだ。

ベルクレイン家の血の為せる業かもしれないが、この凡夫である私を親に、どうしてあのような出来の良い子が生まれるのか……。

そう言ったら、妻も溜息をつきながら頷いた。

「わたくしも、同じ思いでございますわ。カール様が凡夫であると仰るなら、わたくしなど更に取るに足らぬ路傍の石のようなものでしょうに……」

いや、それは謙遜しすぎだな。それに、あの子の『常に前を向いて努力し続ける』という資質は、君譲りなのではないかな？

「とすれば、あの子の『国を憂い、民を憂う』心根は、カール様譲りなのでは？」

そうかな……、……っとまあ、それはさておき。

『常に真っ直ぐ前を』という姿勢は、悪い事ではない。賢《さか》し気《げ》に見下すような者とは、比べるべくもない程に素晴らしい。

けれど。

ただひたすらに『前へ』『前へ』では、きっといつか、疲れ果て、枯れ果ててしまう日が来るのでは、と。研ぎ澄まされた刃は強く美しくもあるが、ただ硬く鋭くとなってしまっては、折れる日が来るのでは、と。

そして、折れた刃は、元のように継げるかと言われると、きっと難しい。

そんな風に思うのだが、きっとそれらは、他者に言われたのでは意味がない。自身で気付かねば、変わりようもない。

けれど誰が、あの子にそんな事を教えられるだろうか。

『孤高』という言葉が似合いそうなあの子に。


そんな『孤高の王子』であるレオンが、自ら探し、見出した、将来の伴侶となる相手。それがエリザベス・マクナガン嬢だ。……まあ、決め手は『政略として最も適当である』という、色も素っ気もない理由だが。そこもまあ、レオンらしい。

ただ、上がってきた書類にその名を見た時、私は思わず笑ってしまったのだ。

『政略として最も適当』として選んだ彼女は恐らく、『人生を共に歩む相手として最適』な者になる可能性が高いのではないか、と思って。

ベルクレインの初代王が、初代マクナガン公爵を盲目的に敬愛していたように。私が、エルード・マクナガンを友として信頼しているように。

レオンにも、連綿と続いてきたベルクレインの血が流れている。そしてエリザベス嬢には、マクナガンの血が。

祖を同じくして、二つに分かれたベルクレイン家とマクナガン家。

私にはどうも、この二つの家はそれぞれ欠けたものを、互いに補い合う関係にあるように思えてならないのだ。

私はエルードが居てくれたおかげで救われ、今こうして国王として立っている。……まあ、私がエルードに差し出せるものなど、ないに等しいが。……私が一方的に、彼に助けられているばかりな気もするが……。

ともあれ、きっとレオンも、彼が自分で見つけ出したマクナガンの娘から、何か大切なものを得るのではないか。そしてそれは、レオンを良い方向へ導いてくれるのではないか。

そんな風に期待してしまうのだ。


婚約が内定した後、そういう期待を抱いた事を、エルードに書簡で綴った。

返ってきた手紙には一言、『人の娘に、勝手な期待をかけるんじゃない』とだけ書かれていた。

……いや、うん……。仰る通りなのだが、もっとこう、何か言い方というものはないかな……。まあ、エルードらしいと言えばらしいけれど。

✤ ✤ ✤

先にも言ったが、周囲から侮られる事の多いマクナガン公爵家である。

その家の娘を婚約者に……とレオンが言い出した時は、相当揉めたらしい。

正確に言うなら、揉めたというよりは、下らぬ欲を持つ者たちが『己が娘の方が伴侶に相応しい』とゴリ推してきた、という事らしいが。

この『自身の婚約者の選定』という仕事は、立太子された者が一番初めに己の力のみで片付けるべき仕事である。なので、私はそういった騒動なんかを、人伝に聞いただけでしかない。そして案の定と言うべきか、出来の良すぎる我が息子は、己一人の力でもって周囲を納得させ、煩い連中を黙らせた。頼るべき側近のような存在もなかったので、真実、レオン一人でだ。

私は昔、己が凡愚であるが故に、ありもしない孤独感に苛まれた。その時に「己がもっと賢明であったならば……」と考えた事が何度もある。

けれど、レオンを見ていて、つくづく思う。

突出しすぎた才を持つ方が、真に孤独になり易いのではないか、と。そして、他を頼まずとも己の力で事足りてしまうが故に、周囲に人が居なくとも気にしなくなるのではないだろうか。

それを『寂しい』だとか『悲しい』だとか、思ったりする事はないのだろうか。それともそれら寂寥《せきりょう》感も、凡夫であるが故のものなのだろうか。レオンは自身の感情を表に出すような事のない子なので、そういった心情を察する事が出来ない。

自身の感情は希薄なのだが、他者のそれらにはとても敏い。殊《こと》、悪意には敏感だ。為政者として頼もしくはあるのだが、ではレオン自身の楽しみや喜びは何処にあるのだろうか。

本当にこの子は、『子供らしさ』を何処へ置いてきてしまったのだろう。

そういった点は、娘のリナリアも感じていたようだ。

レオンが婚約者を定めたと聞いた後、リナリアが妻に零したそうだ。「お兄様のお相手となる子は、お可哀想ですね」と。妻は咄嗟の返事に窮してしまった、と言っていた。

リナリアの言いたい事は、よく分かる。上手い返しが出てこなかった妻の気持ちも分かる。

だが私は、どうしても期待してしまうのだ。

マクナガンの名を、血を持つ彼女に。

そしてその少女を、レオンが自身で見つけ出したという偶然に。

いや、もしかしたら、『偶然』ではないのかもしれない。私たちベルクレインの者にとって特別な彼らをレオンが選んだのは、何らかの必然なのかもしれない。

そんな事を言ったらきっと、またエルードに「勝手な事を言うな」と呆れられるかもしれないが。

私には、そんな風に思えてならなかった。

✤ ✤ ✤

レオンがエリザベス嬢と正式に婚約をして数年。

周囲から「レオンが変わった」という話をよく聞くようになった。リナリアも嬉しそうにそう言っていたし、私も同じように感じている。

まず、表情がとても豊かになった。

以前の、誰に対しても同じ温度で接していた態度ではなく、私たちに対してはぎこちなくも『家族』として接してくれようとしているのが分かる。……まあ、それ以外の有象無象に対しては、それまでと全く変わらない温度の一定感だが。

周囲を頼る、という事も覚えたようだ。時折、私にも政策などの相談にやってくる。……レオンがしっかりし過ぎていて、私がどれ程の力になれているのかは定かでないが。

レオンのそういった変化を、周囲も『良いもの』と受け入れている。そしてそれら変化はどうやら、エリザベス嬢の影響が大きいように見える。

それら変化を経て、いつの間にか『孤高の王子』は、とても周囲から信頼され、愛される王子になっていたらしい。


ほら。思った通りだ。

やはり彼女は、レオンにとても大切なものを運んできてくれた。

嬉しくなり、私はエルードに手紙を書いた。エリザベス嬢のおかげで、レオンがとても良い方向へ変わっている事。私や妻などが、それをとても嬉しく思っている事。城の人間も、エリザベス嬢に感謝している事、などなど。

長々と便箋に三枚も綴った手紙の返事は、やはり一言だった。

曰く「君たちは伝統的に視野が狭いのを何とかしなさい」。

……ごもっとも過ぎて、ちょっと泣きそうになった。


ともかく、だ。

レオンとエリザベス嬢は、とても上手くいっているらしい。

ある日レオンがとても真剣な顔で何か悩んでいるので、珍しい事もあるものだと声をかけてみた。

何をそれ程に悩んでいるのかと訊ねたら、「エリィの誕生日が近いので、何を贈ろうかと……」という答えが返ってきた。

「出来るなら、彼女が本当に喜んでくれるようなものを贈りたいのです」

難しそうな顔で言うレオンに、思わず笑ってしまった。

レオンと彼女の睦まじい様子を、「政略があるのだから、形式上、大切に扱うのは当然だ」などと言っている者もあるそうだが。ただ『形式上』大切にしているだけの相手に、これ程に真剣に「喜んでほしい」と悩んだりしないだろうよ。

そして確かに、マクナガンの娘である以上、普通の少女が喜ぶような装飾品の類は『心から喜ぶ』事はないのだろうな、という事が手に取るように分かってしまい、私もレオンと共に暫く悩む羽目になったのだが。まあそれも、楽しい出来事だ。

実はこっそりエルードに「エリザベス嬢が貰って喜ぶようなものは何だろうか」と訊ねたりもした。エルードの答えは「未開の土地を一つくれてやれば、大喜びで発展させるんじゃないか？」という、何の参考にもならないものだった。

全く、あのマクナガンという家は……。

実はまだ、私はエリザベス嬢ときちんと話をした事がない。互いの時間が取れず、挨拶程度の会話しか出来ていないのだ。
いつかゆっくり、彼女と話をしてみたい。
その時には、彼女の家の普段の様子や、彼女の両親の話などを聞いてみたい。
私の知るエルードやファラルダ《彼女の両親》の話をするのもいいかもしれない。
いずれ来るその時を、楽しみにしていよう。

そしていつか、レオンにも話をしよう。
君が見つけ出したあの少女は、きっと君にとっては『運命の相手』だったのだよ、と。
レオンがどんな顔をするのか、今から少し楽しみだ。
きっと、笑うかな。あの一定の温度の笑顔ではなく、嬉しそうな顔で。
ああ、楽しみだな。

ArianRose
アリアンローズ
アリアンローズ新シリーズ
大好評発売中!!
サディスト第二王子の魔の手から逃れるために、
白豚神官と婚約して冒険者になります!
貴族令嬢らしくない?　言いたい奴には言わせておけばいいじゃない!
——自分らしく生きたいすべての人に送る異世界痛快ファンタジー!
第二王子の側室に
なりたくないと思っていたら、
正室になってしまいました
～おてんば伯爵令嬢が攻撃魔法を磨いて王子様と冒険者デビューするまで～
著:倉本 縞　イラスト:コユコム

ArianRose
アリアンローズ
アリアンローズ新シリーズ
大好評発売中!!
聖女の力に目覚め人々を救うサラ。
評判を聞いた司祭から王都に迎え入れられるが、酷使された上に魔族の国へ追放される始末！
人間に絶望したサラは聖なる力を隠して心機一転、魔族の国で普通に暮らすことを決意する！
聖女は人間に絶望しました
～追放された聖女は過保護な銀の王に愛される～
著：柏てん　イラスト：阿倍野ちゃこ

公爵令嬢は我が道を場当たり的に行く　1

＊本作は「小説家になろう」（https://syosetu.com/）に掲載されていた作品を、大幅に加筆修正したものとなります。
＊この作品はフィクションです。実在の人物・団体・事件・地名・名称等とは一切関係ありません。

2023年4月20日　第一刷発行
2023年5月10日　第二刷発行

著者 …… ぽよ子
©POYOKO/Frontier Works Inc.
イラスト …… にもし
発行者 …… 辻 政英
発行所 …… 株式会社フロンティアワークス
〒170-0013　東京都豊島区東池袋3-22-17
東池袋セントラルプレイス5F
営業　TEL 03-5957-1030　FAX 03-5957-1533
アリアンローズ公式サイト　https://arianrose.jp/
フォーマットデザイン …… ウエダデザイン室
装丁デザイン …… 株式会社TRAP
印刷所 …… シナノ書籍印刷株式会社